— 長編官能小説 —

湯けむり慕情

＜新装版＞

美野 晶

竹書房ラブロマン文庫

目次

第一章　秘湯の美人女将

駅舎を出ると同時に、硫黄《いおう》の混じった湯気の匂いが鼻を突いてくる。

（この香りも懐《なつ》かしいな、十年以上ぶりか……）

全国的にも有名な大きな温泉があるI市からローカル線に揺られて三十分、I温泉の奥座敷と呼ばれるM温泉の入口に草太《そうた》は立っていた。

山あいの小さな温泉ながら、湯量、泉質ともに素晴らしく、地元のI市民や温泉通の間で人気がある。

草太は子供のころ身体が弱く、母親と共にこのM温泉に温浴治療に来ていた。そのおかげか今はすっかり身体も丈夫になり、スポーツを専門とするプロカメラマンとして働いている。

「さて、とりあえず今日泊まる所を探さないとな」

懐かしい温泉街を眺めながら草太は歩き出す。ここに来たのは特に何か目的があったからではない。

ガラにもなく一人旅をしているのにはもちろん訳がある。

丁度一年前に師匠のところから独立した草太だったが、仕事が順調という訳にはいかず、つい先日、最後のレギュラー仕事が終了してしまったのだ。

少しは貯金もあるし、単発の仕事もあるのですぐ食うに困るわけではなかったが、財布よりも心のダメージが大きく、再始動する気持ちになれなかった。

（才能ないのかな、俺……）

全てをリセットしたくなった草太は引き寄せられるように、幼い日を過ごした思い出の地へと足を向けていたのだ。

「すいません、今日は予約が一杯になっておりまして」

目に付いた大きな旅館に入り、受付で宿泊を申し込んだ草太だったが、番頭らしい中年男性から丁寧《ていねい》に断られてしまった。

（自殺志願者に思われたかな……？）

もちろん自殺するつもりなど毛頭無い草太だったが、落ち込むあまり自分の身なりがとんでもないことになっていたことに気づいた。

伸びっぱなしの無精髭《ぶしょうひげ》にぼさぼさの髪、よれよれの服とあっては旅館の人間が怪しむのも仕方ないと言えた。

（一度Ｉ市に戻って散髪でもいくか……）

このままでは本当に今夜は宿無しになってしまう。

昔住んでいたといっても、実際には一駅手前のＫ町で暮らしていたため、このＭ温泉には知り合いがいない。

たとえいたとしても、十数年前の話ではどうにかなるはずもなかった。

「あれ……ここ来たことあるぞ」

とぼとぼと駅に向かって歩き出したとき、一軒の古びた旅館が目に入ってきた。

記憶の糸をたどっていくと、確か、Ｋ町の小学校に行っていたときに、社会科見学か何かで温泉旅館の裏側を見学させてもらった事があった。

楓《かえで》旅館と書かれた大きな木の看板の前で、皆で写真を撮《と》った覚えがある。

「すいません。突然なんですが今日泊まれませんか？」

ここで断られたらもうＩ市に戻ろうと、草太は楓旅館の玄関をくぐった。

「あ……少々お待ち下さい」

草太の身なりを見て、受付にいた仲居《なかい》とおぼしき女性が奥に入っていく。

（ここも……だめか……）

諦《あきら》め気味に草太は息を吐く。

玄関口は古いながらもよく掃除が行き届いていて、木の廊下や柱がつややかに輝いている。

受付の周《まわ》りや下駄箱も整然としていて、外からではわからない格式の高さを感じさせた。

「大変お待たせいたしました、女将《おかみ》でございます」

受付の奥から仲居に代わって和服姿の女性が出てきた。

女将というにはかなり若々しく、切れ長の瞳が美しい和風美人だ。

「お部屋のご用意が出来ましたので」

女将が少し横を向くと真っ白なうなじが見え、甘い香りが漂ってきた。

「どうかされましたか、お客様」

「あ、いえ……ありがとうございます」

女将の美しさに見とれていた草太は、はっとなって顔を上げた。

ただでさえ自殺志願者と思われているかも知れないのに、これではよけい怪しまれてしまう。

「大丈夫ですか……ではお部屋にご案内いたします」

女将は自ら部屋の鍵を手にとって、草太の前を歩き出す。

薄い紫《むらさき》の着物を着た後ろ姿も背筋がまっすぐに伸びていて凛《りん》としている。

（お尻が動いてる……）

着物の上からでも、豊満な尻たぶが脚の動きに合わせてくねっているのがわかった。全体的には細身の感じなのに、出るところは充分に実っていた。

（いかんいかん……何考えてんだ、俺は）

いかにも怪しげな自分を疑う様子もなく泊めてくれた、親切な女将に抱いた邪《よこしま》な感情を振り払うように草太は頭を横に振った。

三階建ての旅館は中々に風情《ふぜい》があり、草太が案内された二階の部屋からは美しい中庭と、その向こう側にある浴場らしき建物から上がる湯気が見えた。

「一枚撮っておくかな」

緑の木々の間から湯気が立ち上る風景の美しさに、草太はバッグからカメラを取り出してレンズをセットする。

仕事で来ているわけではないのに、カメラマンの習慣で一眼レフのカメラを持ってきてしまっていた。

（今更《いまさら》……写真を撮ってなんになるんだ……）

ファインダーを覗き込もうとして、草太はカメラを置いた。

カメラマンとして夢破れた自分がシャッターを押すことに、なんの意味があるというのか。そう思うと、カメラを持つ指が突然重くなった。

「風呂でも入ろう……」

暗鬱《あんうつ》な気持ちで草太はカメラを元のバッグに戻し、浴衣《ゆかた》に着替えて部屋を出た。

「だから、誰でも簡単に泊めちゃ駄目だって言ってるんだよ」

階段を下りて玄関にある受付の前にさしかかると、奥にある帳場から男の声が聞こえてきた。

「宿を探している人が来られたら、部屋がある限りはお通しするのが旅館業の務《つと》めです。私は両親からそう教わりました」

こっそり奥を覗《のぞ》くと、先ほどの美人女将が中年男と言い合っていた。

男も旅館の名前が入った法被《はっぴ》を羽織っているので、ここの従業員のようだ。

「今は昔とは違うんだ。自殺があった旅館なんて噂がたったらすぐに全国に広がる」

会話の内容からして、どうやら二人は草太のことで言い争っているようだ。

「たとえそういう方が来られても、精一杯のおもてなしをして気持ちを持ち直していただくのが私たちの仕事よ、そうでしょう」

「だから、その考えが古いんだよ。どう言えばわかってくれるんだ、和香《わか》」

「いくら古いと言われても、それが楓旅館よ。叔父さんこそ、番頭さんならわかって下さい」

女将は一歩も引かない構えで、番頭に背を向ける。

会話の内容からして、男はこの旅館の番頭のようで、二人は身内のようだ。

そして美しい女将の名前は和香というらしい。日本的な美貌にあった名前だと草太は思った。

（すいません女将さん……そしてありがとう……）

浴場に行くには、受付の前を通らねばならず、そうすれば草太の姿が二人から見えてしまう。

いま二人の前に自分が出るのはまずいと、草太は心の中で女将に手を合わせて、自分の部屋に戻っていった。


食事は中々に豪華な料理が卓に並び、味の方も抜群だった。

「ごめんなさいね、私の話ばかりしちゃって、ほほほ」

夕飯の料理を担当してくれたベテランらしき仲居が申し訳なさそうに笑った。

「いやあ、一人の食事で退屈せずにすみました」

草太は愛想笑いを返す。

話の大半は仲居の身の上話だったが、付き合ったおかげで、旅館の事や女将の事もいろいろ知ることが出来た。

女将である和香は亡くなった先代の一人娘で、婿をとって旅館を継いだのだが、事故で四年ほど前に夫が他界してしまい三十歳で未亡人となってからは、一人で頑張っているそうだ。

番頭は草太が想像していたとおり、女将の母方の叔父らしい。

見た目はちょっと怖そうだが、情にもろく、女将が未亡人になったときに勤めていた銀行を辞めて、ここの番頭を引き受けたらしい。

さらに仲居は、二人が文句を言い合うのはいつものことだということや、和香はまるで再婚するつもりが無いことまで聞いてもいないのに話してくれた。

「お風呂はまだですか？　今日は年配のお客様ばかりだから、この時間はすいてますよ、きっと」

仲居は布団を敷き終えると部屋を後にする。

（もうそんな時間か……）

時計を見るともう十時を過ぎている、あまり遅くなれば浴場も閉まってしまうはずだ。

「こんどは変な場面に出くわさないといいけどな」

草太は一人苦笑いしながら大浴場に向かった。

大浴場は思ったよりも広々としていて、浴槽や柱、屋根に至るまで全てが檜《ひのき》で作られた立派な物だった。

「良い香りだし、落ち着くなあ」

檜の香りを堪能《たんのう》してゆっくり湯に浸《つ》かり、草太は半分のぼせて洗い場に座った。

「ん……誰か入って来たな」

湯にあたってぼんやりしている草太は、特に気にせず身体を洗い始める。

「お背中流しましょうか？」

突然、背後から女の声がして草太は慌《あわ》てて後ろを振り返った。

「お……女将さん」

湯気に煙る洗い場に立っていたのは和香だった。

髪をアップにしてまとめているのは昼間と同じだったが、着物を脱ぎ捨て、身体にバスタオルだけを巻いた姿だ。

タオルで隠れているのは股間の辺りまでで、ムッチリとした色っぽいラインを描く両脚はすべて剝《む》き出しになっている。

そして何より、着物の上からではわからなかった豊かな乳房がタオルの上から溢《あふ》れ出しそうになっていた。

「お、女将さん、ここ男湯ですよ」

バスタオルを着《つ》けていても堪《たま》らなくなるほどの淫靡《いんび》な和香の身体を、草太はとても見ていられず、視線を外す。

「ふふ、わかってますわ、もうすぐお風呂は終わりですすし、掃除は明日の朝早くですから誰も来ませんから」

和香は切れ長の目尻を下げて草太の後ろに膝をついてしゃがんできた。

(うわ……女将さん、バスタオルの下は裸なんだ……)

白いバスタオルの胸のところに、二つのボッチがくっきりと浮かんでいる。

全身からまき散らされる和香の色香に、草太の股間はあっという間に熱くなって、鉄のように硬くなっていく。

「じゃあ、お背中流しますね」

タオルにボディシャンプーをつけると、草太の背中を優しく洗い始める。

「今回は何も決めない一人旅なのですか？」

さするように丁寧に洗いながら和香が声をかけてくる。

「あ……はい……」

前を向いて和香の方は見ないようにしても、自然と声がうわずってしまった。

「そうですか、若いうちだけですものね。そういうあてのない旅が出来るのも」

少し低めの声が肩越しに聞こえてくる。

見た目だけでなく声色《こわいろ》まで色気があった。

（心配してくれているんだろうな）

草太が間違いを起こさないように見に来たというよりも、和香は本当に心配して来てくれたようだ。

背中を擦《こす》っているタオル越しに、和香の思いが痛いほど伝わってくる。

「優しいんですね、女将さん……」

「きゃっ」

礼を言おうと振り返ったとき、和香の腕に身体がぶつかってしまった。

「大丈夫ですかっ、うわ」

和香は後ろに尻餅をついてひっくり返り、タオルがめくれて黒い草むらや、左側の乳頭が飛び出している。

助け起こそうとして立ち上がった草太だったが、見てはいけない姿を見てしまった思いになり、慌てて顔を隠した。

「大丈夫ですわ、あら……！」

和香はそのまま何も言わず固まってしまっている。

指の隙間から覗くと、和香の目は一点を見つめたままだ。視線の先には先ほどからいきり立ったままの逸物《いちもつ》があった。

「いや、これは違うんです。すいません」

こんどは慌てて股間を両手で覆い隠して、草太は背を向ける。

「謝らないで……」

女将は立ち上がると、バスタオルをはらりと落として、草太に抱きついてきた。

「私みたいなおばさんで大きくしてくれて嬉しいですわ」

一糸まとわぬ裸体を草太の身体に押しつけるようにして和香は言う。剝き出しになった柔らかい巨乳が背中にあたる感触があった。

「おばさんだなんて、充分、若くて綺麗ですよ」

草太はお世辞を言ったわけではない。

実際に目の前にある和香の身体は、肌が抜けるように白く、ムチムチと肉付きは良いのに、締まるところは締まっている。

後ろを見ると、丸いヒップが大きく実って揺れていて何とも艶《なま》めかしかった。

「嬉しいこと言ってくれるわ、じゃあ大きくしてしまった責任を取らせていただきます」

和香は草太の前に回り込み、足元に跪《ひざまず》く。切れ長の瞳で下から見つめながら、両手で優しく肉棒をしごきはじめた。

「う、女将さん、そんなことまでしなくても」

優しく巧みな愛撫に草太は声を詰まらせてしまった。

「気にしないで……私が好きでしているのですから……ねえ、草太さんって呼んでもいいですか？」

和香は片手で玉袋を揉み、もう片方の手で竿をしごきながら微笑む。

「どうぞ、なんとでも、う、呼んで下さい」

肉棒を痺れさせる快感に、草太はただ頷《うなず》くことしかできない。

「うれしい、草太さん……もっと気持ち良くなって……んく」

和香は少し厚めの色っぽい唇を大きく開き、破裂寸前に硬くなっている亀頭を包み込んで来た。

「女将さん……う……」

熱い舌と粘膜が怒張に絡みつき、草太は下半身が痺れて立っているのも辛くなる。

「ん……んく……ん」

舌はさらに敏感な裏筋を擦り、エラの奥まで舐《な》め上げていく。

「ああ……女将さん……すごいです」

草太は童貞ではなかったが、こんな情熱的なフェラチオは体験したことがなかった。

唾液で亀頭全体を湿らせながら、舌で裏筋を刺激し、エラに唇を当てて音がするほど強く吸い上げてくる。

「んく……草太さん……気持ちいいですか……」

「はい……すごく気持ちいいです」

「嬉しい……もっとしますわ……」

和香は優しい笑みを浮かべると、肉棒にチュッチュッとキスしてから、玉袋を口に含んで転がしてきた。

止めどなくやってくる色々な快感に、草太はもう夢見心地だった。

「やっぱりここが一番気持ちいいですか？」

玉袋から口を離すと、再び先端部を飲み込んでいく。

「んん……んふ、ん、ん」

今度は舐めるだけでなく、頭を大きく前後させ、口腔全体を使って、肉棒をしごき上げてくる。

(ああ……女将さんが、あんなに口を歪《ゆが》めて……)

頬《ほお》をすぼめ、唇が歪むほど激しい擦りあげを和香は繰り返す。

普段は清楚《せいそ》な和香が見せる淫らなフェラチオ姿に、草太の性感はますます昂《たか》ぶっていき、先端から先走りの液が迸《ほとばし》る。

「すいません、少し出てしまいました」

和香の口内にカウパーを出してしまった草太は慌てて腰を引こうとする。

「待って、草太さんのなら平気よ。このまま最後までさせて」

また優しげに微笑むと、逃げようとした草太の腰にしがみついて、和香はフェラチオを再開した。

「あ……駄目です、そんな……うっ」

最後の追い上げとばかりに、和香は強く吸い上げてくる。

頭の動きがあまりに激しいため、たわわな巨乳が大きく揺れ、草太の膝にぶつかってきた。

肉棒はとっくに痺れきり、カウパーを次々に溢れさせている。

「ん……んく」

カウパーが流れ込むのも気にせず、和香は熱い口淫を繰り返す。

「うう……激しすぎます、女将さん……このままじゃ、ほんとに出てしまいます」

怒張がビクビク脈打ち、根元が締めつけられる。

いくら何でも口の中で出すのはまずいと、草太は必死で訴えた。

「ぷはっ……出して。草太さんの精液、私に飲ませて」

和香は興奮気味に言うと、とどめとばかりに舌を裏筋に押しつけて、頭を振ってきた。

アップにセットされた髪が乱れ、口元が大きく変形する。

「もう駄目です、出ます」

草太は最後の叫び声をあげて、腰を震わせる。

同時に肉棒が膨張し、和香の柔らかい舌の上で弾《はじ》けた。

「んっんぐ……んん」

和香は嫌がるそぶりも見せずに喉を鳴らして全てを飲み込んでいく。

(ああ……女将さんが俺の精子を飲んでいる……)

草太にとって女性に飲んでもらうのは初めての経験だった。

しかも和香は、男なら誰でも振り返るほどの美しい女性だ。その和香が自分の生臭い精液を飲んでくれていると思うと、興奮がさらに加速し、射精がいつまでも終わらなかった。

「ああ……女将さん、まだ出ますっ……止まらない」

「ん……んく……」

苦しそうに鼻を鳴らす和香の喉にたっぷりと粘液を流し込んで、射精がやっと収まった。

「ああ……すいません、女将さん」

ようやく放出が収まった逸物を引き抜くと、和香の唇から精液が白い糸を引いた。

「どうして謝るの？　草太さんの精液、とっても美味《おい》しかったわ」

和香は優しく目を細める。

改めてみるとやはりグラマラスな身体で、風呂場の湯気の暑さで、玉の汗が浮かんだ巨乳が何とも言えず艶めかしい。

「草太さんのココ、熱くて硬くてすごかったわ」

肉棒の根元を握り、亀頭にチュッとキスをしてきた。

「前も洗ってたのに、汗かいちゃったわね。ね、草太さん、ここに横になってみて」

「でも女将さん、これ以上は……」

「もし草太さんが嫌なら……やめるけど……」

和香は悲しそうな目を向けて切なく呟《つぶや》く。

「嫌だなんて、そんな、嬉しいです」

草太は慌てて洗い場のタイルの上に仰向《あおむ》けに寝転がる。和香の目は今にも涙が溢れそうなのだ。

「今夜は何でもしてあげるから、遠慮無しに言ってね」

浴場に備え付けのボディシャンプーを泡立てて、草太の身体に丁寧にすり込んでくる。

「女将さん、僕、自殺なんてしませんから」

どこまでも優しい和香に、草太はもう堪らなくなって、叫んだ。

この優しさは身体を張って自殺を止めようとしているのだと思い至り、草太は申し訳ない気持ちで一杯だった。

「もしかして、番頭さんと私の話を聞いてたの？　ごめんなさいね、あの人も本当はいい人なのよ」

「はい、知ってます。だから女将さんも、もう無理しないで下さい」

フェラチオして飲精までしてくれた和香に、これ以上無理はさせられないと草太は考えていた。

「あら、草太さんは私が自殺をやめさせるために、こんな事をしてると思ってるの？」

草太の胸や腹に、両手で泡を伸ばしながら、和香は拗《す》ねたように口を尖らせる。

「え、違うんですか？」

「そうよ、男として草太さんのことがとっても気に入ったからよ」

和香はそう言うと、草太の上に覆《おお》い被《かぶ》さってきた。

たわわな乳房が押しつぶされて変形する。和香の肌は絹のように滑らかで、密着した部分が心地良い。

「素敵よ、草太さん」

草太の首筋にキスの雨を降らせてから、和香は覆い被さった身体をゆっくり前後に動かし始める。

「あ……女将さん、それすごく気持ちいい」

　こんな美人が自分に一目惚《ひとめぼ》れしてくれたなどと、にわかには信じられなかったが、今夜は和香の気持ちに甘えようと思った。

「こう？」

「そうです。なんかくすぐったくて……うっ」

　和香は熟した感じのする乳首を擦りつけるようにして、身体全体を動かしてくる。柔らかい乳房と硬い乳頭が肌に擦れると、草太は思わず声を漏らしてしまう。

「草太さんて、お仕事は今お休みなの？　いやなら答えなくても良いけれど……」

　豊満な身体をゆっくりと動かしながら女将が心配そうに聞いてくる。

「カメラマンの仕事をしているんですが、独立したら仕事がなくなっちゃって……」

　苦笑いをしながら草太は答えた。女将が本気で心配しているのがわかるから、もう取り繕《つくろ》ったりしなかった。

「そう。だから疲れた顔してたのね」

「はい、でもここの温泉に浸かって女将さんに甘えさせてもらって、充分リセット出来ましたよ」

　身体の上で動き回る和香の顔が目の前に来た時を見計らい、草太は下から力一杯抱きしめた。

「東京に帰ったら、他の仕事をしながらこれからの事を考えます」

そして、目の前にあるピンク色をしたセクシーな厚い唇に、自分の唇を重ねていく。

「あん……」

和香もそれに応え、唇を押し当てながら、舌を差し出してくる。

「んん……女将さん……」

お互いの舌と舌を絡ませて激しく吸いあう。

「草太さん……んん」

音がするほど情熱的に舌を吸いあったり、少し離れて唇を甘噛みしたり、二人は延々とディープキスを続ける。

「女将さんの舌がすごく熱い……」

「ん……草太さんの舌も熱くて私……溶けそうよ」

二人は互いに舌だけを突き出して絡めていく。もつれた二本の糸のように舌と舌が求め合った。

「女将さん、僕からも質問して良いですか？」

「いいわよ、何かしら」

ようやく口を離して草太が言うと、和香は優しく微笑んだ。

「この大きなおっぱい、何カップなんですか？」

目の前で揺れる泡まみれの巨乳を見つめて言った。

「うふふ、Ｆカップよ。草太さんは、おっぱい好きなの」

「はい、大好きです」

子供のようにはしゃいだ声で言うと、草太はぷっくりと膨《ふく》らんだ乳頭部に吸い付いていった。

「あああん、だめよ、草太さん。私、汗かいてるから、ああっ」

乳首を転がすように愛撫すると、胸板の上で女将の身体が跳ね上がる。

元より、汗の味など気になるはずもなく、草太は激しく音をたてて吸いながら、反対側の乳首を指でこね回す。

「ああん、両方同時なんて、だめ、あ、あああん」

和香の身体が蛇のようにくねり、草太の上から滑り落ちた。

「女将さん、今度は僕にさせて下さい」

草太はそのまま和香をタイルの上に寝かせる。

「本当に綺麗な身体ですね」

湯気の中でじっとりと汗ばんだ和香の身体を改めてみると、あまりの艶めかしさに息を呑んでしまう。

太腿《ふともも》のあたりはムチムチとして女っぽいのに、足首は驚くほど引き締まっている。

それは上半身も同じで、全体的には華奢《きゃしゃ》な印象を受けるのに、Ｆカップあるという乳房だけは仰向けに寝ていても小山のように盛り上がってフルフルと揺れている。

そして、真っ白な下腹部の下には秘毛がみっしりと生い茂り、さらにその奥に、花弁の小さな肉の裂け目が覗いていた。

「ああ、恥ずかしいからあんまり見ないで……」

白い肌を朱に染めて恥ずかしがる姿も男の欲情をかき立てる。

（あそこもヒクヒクしてる……）

下半身の動きに合わせて、ピンクの合わせ目がくねくねとうごめいている。

草太は肉付きの良い太腿をしっかりと抱えると、ここだけは年相応に濃い草むらの中に顔を埋めていった。

「あ、そこを口でなんて、だめっ、あああん」

指で肉唇を開いて、軽くキスをすると、和香の身体が跳ね上がる。

口では嫌がっているが、強く抵抗する様子はない。

「クリトリスも綺麗だ」

草太はルビー色の突起を剝き出しにして、舌先でチロチロと刺激した。

「はああああん、そんな風にされたら、私、あああん」

腰をガクガクと上下させて、和香は切ない声をあげる。激しい動きに合わせて、たわわな乳房が波を打った。

「感じやすいんですね、クリトリス」

「あ、あああっ、言わないで、意地悪、あああああん」

今度は唇で挟んで吸い上げると、よがり声がいっそう激しくなる。

「中の方も触りますよ」

「あああ、あんまりいやらしくしちゃ嫌よ」

肉芽の下にある女の入口に指を入れようとすると、和香が腰をくねらせてむずかりだす。

「どうしてです？」

和香が恥ずかしがっているのはわかっているが、ついつい意地悪をしたくなって、わざと聞いてみる。

「ああん、声が出ちゃうから。草太さんに恥ずかしい姿を見られちゃうから」

顔を真っ赤にして和香は訴える。しっかり者の女将が見せる少女のような仕草がまた可愛らしい。

「じゃあ、その恥ずかしいところを見せて下さい」

草太は人差し指と中指を秘裂の中に押し入れた。

「あああ、だめっ、ああん」

指が入ると同時に、和香は甲高《かんだか》い声をあげてのけぞった。浴場の檜の天井に、艶めかしく嬌声《きょうせい》がこだまする。

（もうすごく濡れてる）

秘裂の中はすでに愛液に溢れていて、膣壁が指に絡みついてくる。

柔らかい媚肉がウネウネと動き回り、何とも不思議な感触だった。

「動かしますよ」

草太は慎重に指で膣壁を擦り上げていく。

「ああん、草太さん、あああ、指がいやらしい、あああん」

わずかな刺激だけで和香は、全身を震わせて喘《あえ》ぎ続ける。

（ずいぶんと感じやすいんだな……）

貞淑な未亡人の中に潜んでいた淫乱性に驚きながら、草太はさらに指を押し進め、子宮口を軽く突いた。

「はああん、だめえ、もうおかしくなる」

ここでも和香は過敏な反応を見せ、大きな喘ぎ声を浴場に響かせた。

白い身体はもう真っ赤になり、切なく揺れ続ける乳房の頂点にある乳頭は痛々しいほど硬く勃起している。

「ああああ……草太さん……私、もう……欲しい……」

切れ長の瞳を潤ませ、セクシーな唇を半開きにして、和香が訴えてくる。

「はい……僕ももうギンギンですから」

和香の全身から漂う色香のおかげで、逸物はすっかり力を取り戻して、猛々《たけだけ》しく勃《た》ち上がっている。

「入れますよ、女将さん」

「うん、来て、草太さん」

草太は和香の白い両脚を抱え上げると、濡れそぼる秘裂に逸物を侵入させ始めた。

「あ、ああん、硬いわ、草太さんの。ああっ」

亀頭が沈むと、和香はもう堪らないといった感じで、全身をくねらせて喘ぎ始める。

「女将さんの中もすごく熱くて気持ちいいですよ」

草太もまた快感に顔を歪めていた。

指を入れたときに感じたウネウネが、愛液と共に亀頭やエラに絡みついてきて、甘く締めあげてくるのだ。

「あ、ああ、すごい、ああっ」

肉棒をぐいぐいと進めていくと、奥はさらに狭くなっていて、柔らかい肉がまとわりついてたまらなく心地良い。

(すごいな、なんていやらしいオマ×コなんだ)

それほど女性経験が豊富なわけではない草太だが、それでも和香の媚肉が極上のものであることはわかる。

まだ入れている途中なのに、肉棒はもう快感にはち切れそうだ。

「あ、はあん、あ、だめ、奥に、あああん」

逸物が根元まで入るのと同時に、亀頭部が最奥にある子宮口を抉《えぐ》る。一段と大きな嬌声をあげて、和香の身体がのけぞった。

「全部入りましたよ、女将さん……大丈夫ですか？」

ようやく全てを入れ終えた草太は、身体を震わせている和香を気遣う。

「あああ、いやあ、あああん、草太さん、だめえ」

和香は肉感的なボディをよじらせながら、荒い呼吸を繰り返している。

「どうしたんです女将さん？　抜きますか？」

返事もままならない和香を見てさすがに心配になった。

「ああ、違うの、草太さんのが、その……気持ち良くて、息が止まっちゃったの……ああ、恥ずかしい」

汗に濡れた頬に後《おく》れ髪をまとわりつかせながら、和香は何度も頭を振る。

「感じてくれてるんですね、女将さん」

恥ずかしがる年上の女がやけに可愛らしく、草太は笑みを漏らしてしまう。

「ああん、笑わないでよう、草太さんのが大きくて硬すぎるのよ、ああん」

羞恥に身体をよじらせると、肉棒がさらに奥に食い込んで、和香は切ない声をあげて悶絶する。

自分ではあまり意識したことはないが、男友達にそのようなことを言われた覚えがあった。

「ごめんなさい、笑って。じゃあそろそろ動きます、女将さんも気持ち良くなって下さい」

「あ、恥ずかしいから、あまり強くしないで……あ、ああん」

言われたとおりにゆっくりと腰を動かすが、肉棒がわずかに動いただけで和香は身体を震わせる。

「あ、ああ、恥ずかしいけど声が止まらない……あああ」

たわわなFカップを弾《はず》ませながら、全身をくねらせて和香は喘ぎ続ける。

汗だくの身体がタイルの上でくねり、抱え上げた色っぽい両脚が痙攣《けいれん》した。

「女将さん、たくさん感じて下さい」

「あああ、でもう、あああああ、あくうう」

リズミカルに腰を動かすと、和香のよがり声がいっそう激しくなり、広い浴場に艶めかしく響き渡る。

（すごい、中がまたまとわりついてきた）

熟した膣肉はぐいぐい締めつけるという感じではなく、柔らかいヒダが肉茎に絡みついてくるという感じだ。

前後の動きに合わせて触手のように密着し、男の感じるところを全て責めてくる。

「すごい、ああん、だめになるわ、私……ああ」

和香の方はさらに強い快感に苛《さいな》まれている様子で、切れ長の凛とした瞳も充血して潤んでいる。

「ああん、草太さん、変な女だと思ってない？　私のこと」

「そんなこと、思ってませんよ。すごく綺麗ですよ、女将さん」

悶絶する和香の二つの巨乳が、まるで別々の生き物のように激しく揺れ、草太の興奮を煽《あお》っていく。

「もっとエッチになって下さい」

草太はピストンのスピードをさらに上げて股間を叩きつけた。

「くう、激しいっ。ああん、はああ！」

和香はさらに声を大きくし、ひたすらよがり泣く。

「ああ、草太さん、ごめんなさい、私もう、あああん」

叫び続けていた和香が、突然、息を止めて草太にしがみついてきた。

「イクっ」

そのまま身体をビクビクと痙攣させ、和香はぐったりと崩れ落ちた。

「ごめんなさい……草太さん」

和香は涙目で下から見つめてくる。

「なんで謝るんです」

エクスタシーの余韻《よいん》に震える白い身体を抱き寄せて、耳元で囁《ささや》く。

「だって……草太さんを癒してあげるつもりだったのに……私だけ先にイッてしまって……情けないわ……」

頬を赤くした和香はそのまま顔を草太の胸に擦りつけてきた。

「そんなこと、気にすることないですよ」

いじらしい和香が堪らなく愛《いと》おしく思えて、力一杯抱きしめてしまう。

「あ……もう抜きますね」

草太はまだ達していないため、肉棒は硬いまま媚肉に埋もれていた。

「待って、最後まで……ね」

和香は草太の腰をしっかりと持って言う。

「私は大丈夫だから……いっぱい突いて……ねっ」

「はい」

草太はこくりと頷く。和香のいじらしい姿に、身も心も熱くなりっぱなしの草太に異存などあるはずがない。

「女将さん、こっちへ」

和香の腰に手を回して抱き上げると、草太はそのままタイルの上に尻餅をついた。

「あん、ああ、深いっ」

対面座位の体勢になるのと同時に、肉棒がさらに膣奥に食い込み、和香の白い背中がのけぞった。

「ああっ、草太さん、これ駄目。私、またおかしくなっちゃう」

快感にピンクの唇を震わせながら、和香は必死で訴えてくる。

「僕はこの格好のほうが好きですよ。女将さんの顔もしっかり見えるし」

向かい合わせに抱き合う形になっているため、和香の妖《あや》しく潤んだ切れ長の瞳がすぐ前に見え、厚い唇から漏れる息づかいも聞こえてくる。

「ああん、恥ずかしい。私のいやらしいところ、見ちゃ駄目」

だだっ子のように身体がよじれると、たわわな二つの巨乳が釣り鐘のように横揺れし、お互いにぶつかり合った。

「女将さんのおっぱいって、ほんとに大きくて綺麗ですね」

「やん、嘘言わないで。若い頃みたいに張りも無いわ」

和香は謙遜《けんそん》しているが、乳房は大きく実っているのにも関わらず全く垂れておらず、特に下乳の辺りの丸みが美しい。

ぷっくりと盛り上がる乳輪もつんと斜め上を向いていた。

「とんでもない、張りもあるし形もいいですよ」

草太は両手で感触を確かめるように、二つの柔乳を揉んでいく。

「あん……草太さんの手……いやらしい」

和香は軽く喘ぎながら、潤んだ目で草太を見つめてくる。艶めかしく輝く切れ長の瞳に草太は吸い込まれそうになった。

「そうですよ、いやらしい手です」

ひとしきり乳房を揉んだ後、今度は指で乳頭を押しつぶすように摘《つま》み上げた。

「きゃっ、やあん」

敏感な部分を突然責められて、和香は切なげに身体をよじらせる。

「あ、だめ、動いたら、下まで、ああああ」

身体が動くと、肉壷の中に食い込んでいる逸物が膣肉を抉る。

突き上げる快感がたまらないのか、和香は唇を半開きにして嬌声をあげた。

「気持ちよさそうですね、女将さん。もっと気持ち良くなって下さい」

快感に翻弄《ほんろう》される和香を見ていると、つい意地悪をしてみたくなって、草太は乳首を摘んだまま下から肉棒を突き上げた。

「あっ、はああん、上も下もなんて、だめえ、はああん」

草太の肩をしっかりと握りしめたまま、和香は狂ったように喘ぐ。

「あ、あああ、同時になんかされたら、私、また恥を晒《さら》しちゃうわ、あああ」

乳首を摘まれた巨乳をゆさゆさ揺らしながら、和香はひたすら悶え続ける。

先端が固定されているため、乳房が揺れるたびに乳首が引っ張られ、そのたびに和香は激しくよがり泣く。

「見せて下さい、女将さんの恥ずかしい姿を」

草太は、乳首から手を離して和香の腰を抱えると、本格的に突き上げを開始する。

「あああん、ひう、激しい、あああっ」

草太はリズミカルに肉棒を上へ上へと突き立てる。

硬くなった亀頭部がヒダヒダの膣肉を掻《か》き分け、子宮口を抉り続ける。

「くうう、ああん、すごい、草太さん、私、もう狂ってしまううう！」

後れ髪を振り乱し、和香はひたすら絶叫を繰り返している。

背中が反《そ》り返るたびに、首ががくんと後ろに折れ、開いた口の間から、白い歯が見えた。

「女将さん、すごいです、中が絡みついてくる」

愛液に溢れる媚肉もまた見事に反応し、怒張に隙間なく密着して包み込んでくる。

甘い痺れが腰骨まで突き抜け、草太はもう限界だった。

「女将さん、もう出そうです」

「あああ、今日は大丈夫な日だから、ああっ、そのまま一緒にイッて草太さん、ああ
あん、私ももう駄目」

和香もまた、自ら限界を告げて上体を弓なりにする。

「あああ、痺れる、アソコが震えてる。もうだめえええ、くはああっ」

たわわな乳房をこれでもかと揺らし、和香は本能を剥き出しにしたような雄叫《おたけ》びを
上げる。

「あああ、あくう、イクううううう！」

グラマラスな身体が痙攣を起こすのと同時に媚肉が驚くほど収縮し、肉棒を締めあ
げてきた。

「僕もイキますっ」

草太も腰を震わせ、柔らかい膣内で肉棒を暴発させる。

「ううっ、出る」

肉棒の先端から粘液が迸り、子宮口に打ち込まれていく。

「あああん、草太さんの濃いのがいっぱい入ってくるわ、あああん」

エクスタシーに悶絶しながら、和香は歓喜に声を震わせている。

腰がビクッと引きつるたびに、双乳が波を打って揺れた。

「女将さん……すごく気持ち良かったです」

「ああん、草太さん、私もよ。すごく良かった、こんなに乱れたの初めてかも」

和香はうっとりとした表情で顔を寄せてくる。

二人はゆっくりと唇を重ね、音がするほど激しく舌を吸い合った。


「じっとしてて草太さん、私がお掃除するから」

射精を終えて肉棒を引き抜くと、和香はそう言って草太の股間に顔を埋めてきた。

「そんな事まで。やめて下さい、女将さん」

遠慮する草太に構わず、和香は四つん這いになって、肉棒に着いた精液を丁寧に舌で舐め取っていく。

「ああ、そんな事までしてくれるなんて……」

洗い場の床でだらしなく脚を開いたまま、草太は歓喜に震える。

だらりと脱力した肉棒に柔らかい舌が這い回る、むず痒い感覚が堪らなかった。

「草太さん、再起するまでのお仕事が決まってないのでしたら、うちで働きませんか？」

「え？」

ひとしきり精液を舐め取った後、和香は顔を上げて言った。

「あまりお給料は出せませんけれども……どうですか？　いま男手《おとこで》が番頭さんの他は、板さんくらいしかいなくて困ってるんです」

「でもこれ以上迷惑をかけるわけにはいきませんよ」

切れ長の瞳で見つめる和香の美しさに、草太は頷いてしまいそうになるが、身体を張って奉仕してくれた人に負担をかけたくない。

「迷惑だなんて、私もこのままお別れするのは寂しいですし」

和香は頬を赤らめて言うと、再び肉棒を口内に飲み込んでいく。

「ああ……わかりました。しばらくお世話になります」

快感の声をあげながら、草太は首を縦に振った。

先の予定など何も決まっていなかったし、女将の優しさを無駄にするのも申し訳ないような気がしてきたのだ。

「ありがとうございます。うれしいわ」

和香はようやく身体を起こして草太に抱きついてきた。

胸に柔らかい乳房と固い乳頭があたる感触があった。

「ねえ、草太さん、仕事が終わったら、またこうして私を抱いてくれる？」

頬を赤らめて和香は甘えたように言う。

「はい、こちらこそお願いします」

「うれしいっ」

草太が答えると和香は無邪気に笑って唇を重ねてきた。

(こんな素敵な人とエッチしながら働けるなんて夢みたいだな)

音をたててキスを繰り返しながら、草太は自分が夢を見ているのではないかと思い、頬をつねりたくなった。

第二章　恥じらう姐さん

お客の朝食やチェックアウトが終わって、仕事が一段落したお昼前、呼び集められた仲居や板前たちに新入りの草太が紹介された。

「今日からお世話になります加藤《かとう》です。よろしくお願いします」

とりあえず雑用全般を担当する下働きとして、草太は雇われることになった。

「あら、お兄さん、無銭宿泊だったのかい」

十人ほどが集まった帳場で、半笑いで言ったのは昨日草太を担当してくれた仲居のおばさんだった。

「ち、違いますよ、昨日の宿泊代はちゃんと払いましたって」

草太が慌てて否定すると、全員が声をあげて笑った。

仲居なりに草太が溶け込めるように気を遣《つか》ってくれたのだ。

「昨日は悪かったな、謝るよ」

皆が解散した後、仕事内容の説明のために番頭と二人きりになった時、いきなり頭を下げられた。

「いえ、そんな。あんな格好じゃ、そう思われても仕方ありませんから」

昨日のようなぼさぼさ頭で仕事など出来るはずもなく、草太は朝一番で和香が紹介してくれた散髪屋に行って、身なりを整えていた。

「カメラマンの仕事もきついだろうけど、旅館の仕事もしんどいから、頑張ってくれよ。じゃあ、ウチの施設の説明からするから」

「はい」

番頭がくるりと背を向けて歩き出す。

(やっぱり、いい人だな……)

楓旅館の名が大きく書かれた法被の背中を見ながら、草太は思った。

午後からの宿泊客の迎え入れが始まると、旅館は目の回るような忙しさになった。

下働きの草太は直接接客することはないのだが、それでも備品の補充や、配膳の手伝い、後片付けと、目の回るような忙しさだ。

報道の仕事もしていたカメラの師匠のアシスタント時代は、バッグを担《かつ》いで山に海にと駆け回っていたので、体力には自信があったが、すぐに打ち砕かれた。

「はい……加藤ちゃん、三階のお布団敷くからついてきて」

後片付けが終われば今度は、仲居のおばさんたちと一緒に各部屋の布団敷きだ。おばさんたちはどこにそんな体力があるのだろうかと思うほど、とにかく元気だ。

客がいる部屋の布団を敷くときは仲居たちが敷いて、草太はシーツを持って見ているだけなのだが、客が浴場に行っていたりして不在の部屋の場合は、指導の時間になる。

「ほら、加藤、もっとちゃんと引っ張りな。男だから力はあるんだろ」

いきなり厳しい言葉をかけてきたのは、仲居の中で一番若い山口翔子《やまぐちしょうこ》だ。なかなかの美人だが目つきが鋭く、きつそうな印象を受ける。

髪の毛も少し茶色がかっていて、着物をきた姿は仲居と言うよりも、コンパニオン風だ。

「ちょっと翔子ちゃん、初めてなんだからもっと優しく教えてあげなよ、だいたいあんたと同い年くらいだろ」

年配の仲居が見かねて口を挟んでくる。

「私と同じ？　じゃあ二十四なの。その割には頼りないねえ」

翔子は小馬鹿にしたように吹き出した。

「すいませんね、頼りなくて……」

草太はぼそりと呟く。

細身で気の弱そうな顔立ちのためか、よく頼りなげだと言われる事が多く、草太も気にしていた。

「なにぶつぶつ言ってんの？　口より先に手を動かしな」

「はい、わかりましたよ、先輩」

草太と翔子は険悪な雰囲気のままシーツを伸ばしていく。

(なんて気の強い女なんだ)

翔子の強気な態度にへきえきしながらも、何とか全ての部屋の布団を敷き終えた。

おばさんの仲居たちはそこから違う仕事に向かったが、翔子と草太は上がりの時間になった。

「あ、加藤、東階段の踊り場の電気が切れてるから換えといて。蛍光灯は番頭さんにもらってね」

「はあ」

ことさら偉そうに命令する翔子に、草太はいい加減腹が立ってくる。

「ちょっと、生返事《なまへんじ》してんじゃないよ。同い年でもこっちは六年やってる先輩なんだ、口の利き方に気をつけな」

まるで啖呵《たんか》を切るようにまくし立てた翔子には、逆らいがたい迫力があった。

「は、はい、すぐ換えてきます」

迫力に押されてしまった草太は、慌てて駆けだしていく。

（怖《こ》えー、なんだあの女は）

スポーツの現場で気の強いアスリートも多かったので、馴れているつもりだったが、翔子にはなにか異質の迫力があった。

（俺ってこんなに情けなかったっけ？）

逃げ出すように命令に従ってしまった自分を不思議に思いながら、草太は階段を駆け下りていった。


へとへとになって一日の業務を終えた草太は、同じく仕事上がりで着物姿の和香の案内で従業員寮に来ていた。

寮といっても、楓旅館の隣の敷地にあるアパートで、外階段がついた八部屋ほどの二階建ての建物だった。

「前はけっこう埋まってたんだけど、今はみんな通いの人ばかりだから、奥の部屋に翔子ちゃんがいるだけなのよ」

二階の中ほどにある一室の鍵を開けながら、和香が説明してくれる。

（げ、ここでもあの女と一緒かよ……）

一番奥の部屋ということは、隣同士ということだ。

仕事が終わっても壁一枚向こうに、あの気の強い翔子がいることを意識して暮らすのかと思うと、草太は頭が痛くなってくる。

「電気は使えるようにしといたし、必要最低限のものは持ってきたけれど」

トイレと風呂がついた台所の奥に八畳ほどの和室があり、部屋に入ると布団や小さなテレビが置かれていた。

「なにからなにまですいません、女将さん」

忙しい中でこれだけの物を揃えてくれた和香の心遣いを嬉しく思うのと同時に、翔子の隣が嫌だとは口が裂けても言えないと思った。

「初めてで疲れたでしょ。お茶入れるから座ってて」

和香は優しく微笑むと、台所に駆けだしていく。

「あ、それなら僕が……」

「いいの、座ってて」

くるりと背を向けると、着物に包まれた量感のあるヒップが眼前に見えた。

(本当にエッチな身体だったよな、女将さん)

草太は昨夜、大浴場で抱いた和香の肌を思い出していた。

乳房もヒップも指で押せばどこまでも食い込んでいきそうなほど柔らかく、いつまでも抱いていたかった。

「お待たせ……」

急須《きゅうす》とお椀を載せたお盆を持った和香が戻ってきた。

「テーブルが無くてごめんね。明日、番頭さんが倉庫から出してくれるって言ってたから」

和香はそう言ってお盆を畳の上に置くと、お茶を注いでいく。

「あ、女将さん、髪……」

いつもはアップにまとめている和香の髪が解《と》かれていることに草太は気づいた。艶《つや》のある黒髪は意外と長く、軽くウエーブのかかった毛先は肩まである。

「ちょっときつかったから下ろしちゃった。和服には似合わないかしら」

和香は髪の毛をかき上げながら、すこし照れたように笑った。

「そんなことありませんよ。素敵です」

草太は手を伸ばして和香の髪の毛を撫でてみる。見た目通りに滑らかな手触りの黒髪だ。

「もうっ、そんなお世辞、言わなくていいんですよ」

和香はもっと顔を赤くして、上目遣いで草太を見てくる。

「嘘なんか言ってませんよ、本当に髪も顔も綺麗です」

草太が頬に手を当てて引き寄せると、和香も抵抗せずに身体を前に出してくる。

二人はゆっくりと唇を重ね、手を握って指を絡《から》め合った。

「ん……んふ……草太さん……」

着物の襟《えり》を少し乱して、和香は激しく舌を絡ませてくる。

首筋から肩先、そして鎖骨《さこつ》までが覗《のぞ》き、真っ白な肌が艶めかしかった。

「女将さん……」

草太も疲れなど忘れて唇を吸い続ける。唇越しに伝わってくる女将の体温を感じると心が安堵《あんど》に満たされていく。

「女将さんの舌、すごくエッチですね」

「草太さんこそ……」

ようやく口を離した二人は、お互いにはにかんで笑い合った。

「草太さん、今日はお疲れでしょうから私がするわ」

和香は草太のベルトを外すと、ズボンもパンツも下ろしていく。

「女将さん、シャワーも浴びてないから汚いですよ」

「いいの、草太さんの匂い好きだもの」

いつもの優しい笑みを浮かべて言うと、和香は一日働いて汗にまみれた肉棒の根元を持つと唇を押し当てていく。

「あ、女将さん、あああ……」

厚い唇に亀頭が包み込まれると、草太は堪らなくなって声をあげた。

「んん、んん、んく」

畳の上でだらりと両脚を開いて座る草太の股間の前に、和服に包まれた身体を二つ折りに屈《かが》めて、和香は懸命にフェラチオを始める。

仕事の時と同じ和服姿で淫らな行為をする和香に、草太の性感は昂ぶっていった。

「んん……すごいわ草太さん、もう硬くなってきた」

舌を長く突きだして、亀頭の裏を舐めながら和香が見上げてきた。

「臭くないですか？」

「良い匂いよ、草太さんのおチ×チンの味、とってもおいしい」

和香は愛おしそうに玉袋から竿へとキスの雨を降らせてから、再び亀頭を飲み込んでいく。

「女将さん、それ、すごく気持ちいいです」

舌を亀頭に押しつけながら、頬をすぼめてチュウチュウと吸い上げる。

敏感なエラや裏筋を強烈に刺激され、草太は太腿を引きつらせた。

「うふふ、嬉しいこと言ってくれるわね。じゃあ、もっとしちゃう」

和香はいたずらっぽく笑い、今度は舌を横に激しく動かして、裏筋を集中攻撃してくる。

「あ、女将さん、く、ううう」

「んんん、んん、草太さん気持ちいい？　んん」

「はいい……うう」

伸ばされた舌が高速で動き、裏筋を責め続ける。

やや柔らかかった肉棒は鋼鉄のように硬くなり、甘い快感が駆け抜けるたびに、腰骨まで震えだす。

「こういうのも……しちゃう」

舌を離すと今度は竿の中ほどまで一気に飲み込み、口腔内の粘膜を使ったしゃぶり上げが始まる。

「ううう、それも堪りませんよ、女将さん」

柔らかい口内の粘膜が肉棒全体を包み込み、密着してしごき上げてくる。

唾液を潤滑油代わりにしながら、激しく快感の源を擦《こす》り上げられ、今度は脳天まで痺れが走る。

「もう先走りが出てきたわ」

和香は顔を上げると、手で肉棒をしごきながら目を細めている。

言葉の通り、草太の先端からはカウパーが、泉のようにわき出していた。

「女将さんのフェラチオが上手《うま》すぎるからですよ」

「それは草太君の事が大好きだからよ。草太君が気持ちよさそうにしてるところを見てると、私も嬉しいもの」

着物の襟を乱したまま、和香はうっとりとした顔で亀頭の先端にある尿道口に口づけすると、力一杯に吸い上げてきた。

「く、はう」

カウパー液を無理矢理吸われると、尿道全体に電気が走る。

生まれて初めて味わう甘痒い感覚に、草太は子供のような声をあげてしまった。

「んん、んちゅ」

ひとしきりカウパーを吸い終えると、本格的なフェラチオが再開される。

亀頭を喉の奥まで飲み込み、口腔内のあらゆる部分を使って、エラや裏筋を擦り続ける。

(ああ、もう我慢できない……)

もう肉棒は根元まで痺れきり、今にも暴発しそうだ。

和香は着物姿の身体を二つに折り曲げたまま、一心不乱にフェラチオを続けている。

激しくしゃぶりながらも時折、上を見て草太の目を見つめてくる。その切れ長の瞳がまた色っぽく、草太はたまらなく興奮してくる。

「ああ、もう出ますよ、女将さん」

そして逸物は襲いかかる快感に屈し、限界を迎える。

「出して、このまま、んん、んんっ」

和香は攻撃の手を緩《ゆる》めず、強く吸い上げてくる。昨日と同じく全てを飲み干すつもりのようだ。

「あああ、イキますっ、女将さん、出ます！」

草太はもう遠慮無く、和香の口の中で怒張を爆発させた。

下半身がブルブル震えて、熱い精液が解き放たれる。

「んんん、くううう」

和香はしっかりと肉棒を唇で包み込み、一滴《いってき》残らず飲み干していく。

「あああ、女将さん、最高です……」

たっぷりと精を放ちながら草太は幸福感に包まれていた。

「うふふ、気持ち良かったの、草太さん……」

ようやく顔を上げた和香は、口の中に残った精液も喉を鳴らして飲み干していった。

「好きな人の精子って美味しいのね」

和香はぺろりと舌を出して、優しく微笑んだ。

「ありがとうございます、女将さん」

草太はどこまでも優しい和香が愛おしくて堪らなくなって、力一杯に抱きしめた。

和香が帰った後、草太は廊下に出て隣の翔子の部屋を見た。

（やっぱり挨拶くらいはしといた方が良いかな）

部屋からは灯りが漏れていて、翔子は在宅しているようだ。

さんざんなじられた翔子に自分から話しかけるのはいやだったが、後で『挨拶もない』と怒られたら、たまったものではない。

「一応、声くらいはかけとくか」

気が進まなかったが、草太はドアをノックした。

「はあい。なんだ、あんたか」

中から、髪の毛を降ろし、化粧気のない顔の翔子がジャージ姿で出てきた。

なぜかはわからないが口にはスルメを咥《くわ》えている。

「なんか用？」

「いや、一応、挨拶くらいはしとこうと思いまして……」

あからさまにめんどくさそうな翔子に、草太は恐る恐る言った。

「ああ、別にそんな気を遣わなくていいよ。それよりあんた、明日、仕事行く時にこれ出しといて」

翔子から渡されたのは、半透明のビニール袋に缶ビールやジュースの空き缶が入った物だった。

「なんですか、これ？」

「見てわかんないの？　燃えないゴミだよ、私、明日休みで朝寝したいからさ……代わりに出しといて」

翔子は言いたいことだけを言うと、バタンとドアを閉めた。

「………」

いつもなら文句の一言《ひとこと》でも言うはずだが、草太は何も言えなかった。

（か、可愛いじゃねえか……）

一言も発しなかったのはびびっていたからではない、化粧をしていない翔子の可愛らしさに見とれてしまったのだ。

仕事中は少し濃いめのメイクできつい印象を受けた翔子だったが、今は二重《ふたえ》まぶたで目が大きくて丸く、唇も上唇が小さくて、少女のようだった。

肌も真っ白で、アイドルになってもおかしくないほどの美貌なのだ。

（だめだよな、俺も……美人に弱くて）

草太は自分自身に呆《あき》れながら、渡されたゴミ袋を持って自室に戻った。

楓旅館での仕事は、本当に体がいくつあっても足りないくらいだったが、それでも一週間も経つ頃にはだいぶ身体も馴れてきた。

（そういえば街を見る余裕もなかったな……）

Ｍ温泉は山あいの少し開けた土地にあり、坂は多いが、小川が流れ木々の美しい風光明媚な場所にある。

ようやく余裕の出来た草太は、休憩がてら温泉街を散歩していた。

「あれっ」

小さな街を一回りして楓旅館の裏手に差し掛かったとき、翔子と数人の男が向かい合っているのが見えた。

翔子はいつもの着物姿だが、相手の男たちはいかにも悪そうな、ヤンキー風の見た目をしている。

（うわー、真ん中の奴なんか眉毛がないよ）

男は三人いて、金髪やパンチパーマなどで、悪の見本市のようだ。

「でもほっとく訳にもいかないしなあ」

草太はまったく腕っ節には自信がない。それどころかほとんどケンカをしたことがなかった。

しかし、いくらいがみ合っている仲とはいえ、女性が絡まれているのを見過ごすわけにもいかない。

草太は勇気を振り絞って、翔子を庇《かば》うように男たちの間に割って入った。

「や、やめろよ、女の人相手に」

通せんぼをするように両手を広げて言ってはみたものの、声も膝も震えてしまっていた。

「なんだ、おめえは」

三人の中で一番体格のいい男が前に出てきて草太の頭をグローブのような大きな手で鷲づかみにしてきた。

「は、離せよっ」

草太は必死で手を振り払おうとするが、丸太のような太い腕はびくともしない。

「だから、おめえはなんだって聞いてんだよ」

男は力任せに草太を自分の方に引き寄せる。

「お前ら、旅館の仲間だ。手を出すんじゃねえ」

その時、後ろから翔子の怒鳴り声が響いた。

「すいません、姐《ねえ》さん」

頭を掴《つか》んでいた手をすぐに離し、男は引き下がった。

「え……」

驚いて後ろを振り返ると、着物姿の翔子が仁王立ちをしていた。

「こいつら、私の後輩なんだ。だから心配しなくていいよ」

翔子はにっこりと微笑んで言った。

「なんだ……そうなの……ははは」

安心した草太は膝の力が抜けてしまい、まるでテレビのコント場面のように腰が抜けて、その場にへたり込んでしまった。


「ああ、かっこ悪かったな、俺……」

夜、仕事を終えて部屋に戻った草太は布団に身体を投げ出して呟いた。

翔子を助けにいったつもりが腰が抜けてしまって、最後は肩を借りて旅館に戻るという失態を演じてしまった。

『けっこう格好良かったよ』

翔子はそう言って励ましてくれたが、男として情けない事この上なかった。

旅館に帰った後、ベテランの仲居の一人に翔子について聞くと、すごい答えが返ってきた。

今は更生しているが、十代の頃の翔子は暴走族の総長をしていて、その名はM温泉を含むI市どころか、周りの町や市まで轟いていたというのだ。

草太は今更ながら、何も知らずに彼女といがみ合っていた自分が恐ろしくなって、背筋が寒くなったのだった。

女だてらに逞《たくま》しい翔子からすれば、ずいぶんとかっこ悪い男に見えたことだろう。

草太はもう翔子と顔を合わせたくなかった。

「ああ、もう寝よう……」

明日は楓旅館に来て初めての休日になる。もうさっさと寝て気分を変えようと草太は思った。

「加藤……いる……？」

シャワーを浴びようと思ったとき、ドアの外から突然、翔子の声がした。

「どうしたんですか？」

慌ててドアを開けると、Tシャツにパンツ姿の翔子が立っていた。髪の毛を降ろし、ほとんど化粧をしていない。

（やっぱり可愛いな）

気が強そうに見える仕事の時とは違い、メイクを落とすと大きな目が可愛らしい。

「なあ明日休みだろ、私の部屋で飲まないか？　私も休みだしさ」

美しさに見とれている草太の前で、翔子が頬を赤らめて言った。はにかむと白い歯が見え、それがまた心をくすぐった。

「い、いいけど……」

草太は突然緊張してきて、思わず声をうわずらせて返事をした。

「じゃあ、散らかってるけど、おいでよ」

照れる翔子の後ろについて、草太は部屋を出た。


翔子の部屋は、特攻服が飾られているようなこともなく、シンプルながらも所々に女らしさの見える部屋だった。

「まあ、座りなよ」

テーブルには翔子の手作りであろうつまみが並べられている。

「じゃあ、乾杯」

「あ、うん」

二人は缶ビールを持ってコツンと当てた。

「なあ、東京でカメラマンしてたって本当？」

「はい……そうですよ、全然売れてませんでしたけど」

ビールをチビチビ飲みながら二人はテーブルを挟んで、まだぎくしゃくした感じで会話を交わす。

「ねえ敬語はやめてよ。仕事中じゃないんだしさ」

大きな目を瞬《まばた》かせながら、翔子は少し甘えた声で見つめてくる。もう酔っ払っているのか、少し様子がおかしい。

「いや、そういう訳には」

暴走族の総長だったという翔子の経歴が頭をよぎる、下手《へた》なことを言ってキレられたら、自分などひとたまりもないと草太は思った。

「そんな固い性格だったっけ……あ、ほっぺたに食べかすがついてるよ」

翔子は草太に近寄ってくると、赤くなった顔を寄せ、そのまま草太の頬に唇を押しつけて食べかすを取ってしまった。

「え……何……」

いきなり頬にキスをされた形になった草太は、口をぽかんと開けて固まってしまう。

「私みたいなのにキスされるのは嫌だった……？」

畳の上に胡座《あぐら》をかいて座る草太の身体に、しなだれかかるようにして横座りになった翔子は、黒目の大きい瞳で見上げてきた。

「そんなことないけど……でもそっちこそ俺みたいな情けない奴は嫌いじゃないの？」

「私は……弱いのに無理して男を見せる人が好きなんだ……。逆に、ケンカ自慢の奴になんか全然ときめかないんだけどな……」

翔子は恥ずかしげに言うと、白い頬を草太のほっぺたにすり寄せてくる。

（可愛すぎる……こんなの我慢できるはずがないだろ）

気が強いときの翔子の姿が完全に頭から消えた訳ではなかったが、自分の腕の中にいる翔子の体温を感じていると、男の本能が燃えて止まらなくなる。

（それに意外とスタイルもいい……）

女将の和香のようにムチムチとした柔らかさはないが、筋肉質で引き締まっていても出るところは出ている感触を草太は抱《いだ》いていた。

特にバストは意外と膨《ふく》らんでいて、柔肉がブラジャー越しに押しつけられてくる感じがたまらなかった。

「私みたいなガラの悪い女はやっぱり嫌？」

ガラが悪いどころか、翔子は少女のような態度で、大きな瞳をじっと向けてくる。

「そんなこと……すごく可愛いよ」

いじらしい翔子を見ているともう耐えられなくなって、力一杯抱きしめてしまう。

「嬉しい……あ……」

そして、唇を重ねていくと翔子も応え、二人はしっかりと抱きしめ合った。

「ん……翔子さん」

「いや……翔子って呼び捨てにして……んん」

しばらく抱き合ってから少し唇を浮かし、互いの舌を差しだす。

「翔子……んん」

温かい舌を吸い合い、ねっとりと絡ませていく。

二人はいつの間にか畳の上に横たわり、何かを確かめるように唇を押しつけあって、舌を絡めていく。

（激しい……）

翔子は鼻を鳴らしながら、一心不乱に口を吸い、舌を求めてくる。あまりに情熱的なキスに草太の興奮も加速する。

「ん……すごいキス……とろけちゃいそう」

ようやく口が離れると、翔子が虚《うつ》ろな目を向けて呟いた。

「僕もだよ……翔子……」

草太は畳の上で翔子を抱きしめたまま、真っ白な首筋にキスの雨を降らせていく。

「いい？」

「草太の好きにして……」

いつもの姿からは信じられないほど従順な態度で、翔子は草太の腕を握ってきた。

草太はゆっくりと翔子のピンクのTシャツをまくり上げ、頭から抜き取っていく。

少し茶色の入ったセミロングのストレートヘアーが、ふわりと舞い上がってまた畳の上に落ちた。

そして、意外なほど白い身体はしっかりと鎖骨が浮き上がり、そのすぐ下に薄いブルーのブラジャーに持ち上げられた乳房があった。

(やっぱり、思ったより大きい……)

ハーフカップのブラジャーから乳房の上半分が露出し、見事な球形を描いている。

「これ、取ってもいい？」

首筋まで赤くした翔子が頷いたのを確認すると、ブルーの肩紐をずらしてホックを外し、腕から抜き取った。

「おお、綺麗だ……」

カップを弾き飛ばすように激しく揺れて現れた翔子の乳房に、草太は思わず見とれてしまった。

ブラジャーのラベルに「E」と書かれてあったので、大きさはEカップだ。見た感じも確かにFカップの和香に比べると一回り小さい。

だが張りの方は遥かにこちらが上で、パンパンに張った白い下乳に青い静脈が浮かんで、彫刻のような美しさだ。

「ああ、恥ずかしいよ……言わないで」

翔子はここでも羞恥に顔を赤くして、腰をよじらせている。

「本心だよ、本当に美術品みたいだ。乳首も綺麗だし」

盛り上がりの頂点にある乳頭部も薄いピンク色で、少し大きめの乳輪に小粒な乳首が顔を出していた。

「いやん、いやだ、そんなにじっと見たら、恥ずかしくて無理だよぅ」

「なに言ってんの、こんな形のいいおっぱい見るなっていう方が無理だよ」

草太は冗談ぽく言いながら、張りのある美乳に手を伸ばしていく。

(すごい……指が弾かれる)

両手で乳房を揉むと強い張りを感じた。

「ああ、やあ、手つきがいやらしぃ」

しかし、丁寧にほぐすように揉むと、柔らかく形を変えたりもする。翔子の反応も良く、もう吐息が熱っぽくなっている。

「あ、ああん、そこは駄目、先は……あはあん」

さらに薄桃色の乳首に触れると、翔子の腰のよじれが激しくなる。

乳首はすぐに立ち上がり、固く突きだしてきた。

「感じてるんだね、翔子」

勃起した乳首にキスをした草太は、そのまま音をたてて吸い始める。

「あああ、いやあん、音がしてる。恥ずかしいよ、あああん」

翔子の上体が何度も弓なりになって震える。七分丈《しちぶたけ》のパンツに包まれた下半身が蛇のようにくねり続ける。

（この子ってMっ気があるのかな）

恥ずかしいと連呼しながらさらに性感を昂ぶらせていく翔子の姿を見て、草太はそう感じた。

「翔子のオマ×コ、見てもいい？」

草太はわざといやらしい言葉を使いながら、パンツ越しに股間を撫で上げた。

「あ、あああん、エッチな事言っちゃいや、あああ、恥ずかしいから電気消して」

相変わらず羞恥に震えながらも、甘えた顔で草太を見つめてくる。

「えー、明るい所で見たいな、翔子のオマ×コ」

今度は股間の真ん中を指でぐりぐりと押しながら言う。

「あ、あああん、草太が見たいなら、ああん、好きにして」

翔子は観念したように手で顔を覆うと、くねらせていた下半身の動きを止めた。

（やっぱりマゾだ）

暴走族の総長だったという経歴からは信じられないが、翔子は男に主導権を握られて、責められることを望んでいる様子だった。

「ようし、じゃあ下も裸にするよ、翔子」

草太はパンツのベルトを緩め、一気に脱がせる。下から長くしなやかな両脚と、ブラジャーとおそろいのブルーのパンティが現れる。

そして細い足首を握って少し強引に両脚を開かせ、パンティに守られた股間に顔を埋めて鼻を鳴らした。

「まだ何もしてないのに、すごくエッチな匂いがするね」

「あああ、だめえ、嗅がないで。あああん、草太の意地悪ぅ」

パンティの股布からはすでに湿り気が伝わってくる。

(いつもとは別人だな)

不良たちを一喝《いっかつ》した昼間の翔子と、乱暴に責められながら目を妖しく潤ませる眼前の女がとても同一人物だと思えない。

草太は改めて女の性の深さを知る思いだった。

「じゃあ意地悪ついでに、翔子の一番恥ずかしいところも見せてもらうよ」

あまりに従順な翔子に、草太も嗜虐心《しぎゃくしん》を刺激され、言葉責めをしながらパンティを脱がしていく。

「あああん、許して、あああ」

パンティのゴムを摑んだ草太は、わざとゆっくり降ろしていく。

翔子の泣き声とも喘《あえ》ぎ声ともつかない悲鳴がこだまする中、漆黒の陰毛が姿を見せ、全てが露わになっていった。

「あああ、見ちゃ、いや」

慌てて隠そうとする翔子の手を草太は直前で摑む。

「おっぱいに負けないくらいアソコも綺麗だね、翔子」

「ああん、嬉しいけど、いやあん、恥ずかしいから見ないで」

逆三角の陰毛の下にピンク色の裂け目が覗いている。ビラも小さく肉も固そうだ。

「だめだよ。中身もちゃんと見せてもらうからね」

両手の指を花びらにあて、左右に大きく割り開いていく。

「あらら、すごく濡れてるよ、翔子」

小さな淫唇の奥から現れた媚肉はかなり肉厚で、みっちりと肉が詰まっている感じだ。一番下にある肉孔からは、多量の愛液が溢《あふ》れ出していた。

「いやああ、お願いだから言わないでぇ」

羞恥に震えながら、翔子は腰を何度もくねらせる、仰向けに寝ていても、伏せたお椀のように形よく盛り上がる乳房がフルフルと揺れる。

「エッチだ、翔子は……」

いやがる翔子に構わず、草太は秘裂に顔を寄せたまま、クリトリスを指で揉み始める。

「ひあ、ああん、だめっ、そこは、あああんっ」

突起に指が触れた瞬間、染みの一つもない白い内腿が痙攣し、腰が跳ね上がる。

「あ、あああん、恥ずかしいのに、声が止まらない、あああ！」

翔子の悶絶があまりに激しすぎるため、Ｅカップの巨乳が踊るように弾ける。

乳房の頂点にある突起は天に向かって硬く突き上がっていた。

「次から次に溢れてくるよ。オマ×コも責めて欲しいみたいだね」

「ああん、いじるから、草太が感じるところを責めるからぁ……ああん」

「よし。じゃあ、もっと責めてあげる」

クリトリスをひとしきり揉んだ後、人差し指と中指を同時に、愛液溢れる秘裂に侵入させた。

「ひあ、ああん、だめ、ああん」

指を入れただけなのに、翔子はもうどうしようもないといった風に、畳に爪を立てて悲鳴に近い声をあげる。

（すごい締めつけてくる……）

翔子の秘裂の中は意外なほどに狭く、上下左右から媚肉がぐいぐいと指を締めあげてきた。

「動かすよ、翔子……」

指をゆっくりと前後させて、ヌルヌルに溶け落ちた媚肉への責めを開始する。

「あ、あああん、アソコが熱い。はあん」

クリトリスの時と同様に、翔子は敏感な反応を見せる。

大きく開かれた、すらりとした美脚が痙攣し、下腹部が波打つ。

「ここはどう？　翔子」

膣内の二本の指を少し曲げて、天井部分を草太は責めていく。

「え、ひあ、何これ、あああん」

そこをくりくりとまさぐると、翔子は目を見開いて狼狽《うろた》えながら、悲鳴を上げて全身を引きつらせた。

「Gスポットも敏感なんだね」

「G？　だめ、そんな変なところ、いじったら……あああ」

翔子はいやいやをするように頭を振るが、もうすっかり感じているらしく、言葉もままならない。

下腹部の震えがさっきよりも激しくなり、全身に汗が流れ落ちている。

「ひ、ひあ、だめ、草太。ああっ、指止めて、お願いっ、あああ、だめになるからっ」

Gスポットを責め続けると、翔子が突然何かに狼狽えながら、草太に訴えてきた。

「なにが駄目になるの？　教えてよ」

「あああ、言えない、恥ずかしいからそんな事、あああん」

草太が意地悪をして言うと、翔子はもう全身を真っ赤に染めて、涙を流す。

「出るんでしょ、潮《しお》が」

Gスポットの快感の果てに起こる現象を草太は知っていた。

駆け出し時代、AV撮影のアシスタントをしたときに、プロの男優からGスポット責めを教えてもらった事があったのだ。

「ああん、そうよ、出ちゃうから、ああん、何かが出そうなのよ、だからもう許してええ」

おそらく翔子は潮など吹いたことはないのだろう、自身の身体を襲う未知の感覚に怯《おび》えている様子だ。

「いいよ、出しな、翔子が出すところを見てあげるから」

草太は指を止めるどころか、さらにGスポットを激しく責め始めた。

「あ、ああああん、いやあ、恥ずかしいよう、あああん」

口では嫌がっている翔子だが、それが本心でないことは伝わってくる。

大きな瞳は妖しく輝いてトロンと潤み、半開きになった唇からは切ない声が漏れ続けている。

そして何より、濡れそぼる膣肉が別の生き物のようにうごめいて、指を締めあげてくるのだ。

「ああぁ、恥ずかしい。ああん、草太に見られてるのに、はあん」

翔子はもう限界といったふうに、背中をのけぞらせて喘ぎ狂う。

「あああ、だめえ、もうだめ、イッちゃう、出るのに、ああ、我慢出来ないよう」

たわわな乳房をこれでもかと揺らしながら、白い身体が反り返る。

「ああ、イクうううううっ！」

一際大きな悲鳴と共に、翔子の全身がブルブルと痙攣を起こした。

「出ちゃうううう」

エクスタシーと同時にクリトリスの下にある尿道口がぱっくりと開き、半透明の液体が勢いよく吹き上がった。

「あああ、出ちゃやだめ、止まってぇえ！」

翔子の叫びもむなしく、潮は断続的に飛び出し、部屋の畳を濡らしていく。

「いいよ、もっと出して翔子」

女体の神秘に興奮しながら、草太は腕全体を使って、Ｇスポットをまさぐり続ける。

「あああん、また出ちゃう、あああん」

翔子の身体がエクスタシーに震える間中、潮は何度も吹き上がって、ようやく止まった。

「あああ、いやあ、草太のばかあ」

絶頂の余韻に震えながら、翔子は両手で顔を覆って泣き出した。

「翔子の感じてる顔が可愛いから、ついいじめちゃったよ」

草太は横たわる翔子の上体を抱え上げて優しくキスをする。

大きな瞳を涙でいっぱいにしている翔子がたまらなくいじらしい。

「可愛いなんて嘘だよ、そんなこと言われたことないもん」

全裸の身体を草太に抱き上げられたまま翔子は拗ねたように言った。

「本気で言ってるよ……翔子は可愛い」

草太はもう一度軽くキスをする。

「もう……恥ずかしいけど……嬉しい」

翔子は自分で身体を起こして、草太にキスをしてくる。今度は舌を出して絡ませながら激しく吸い続けた。

「続きをしてもいい？」

艶やかな髪をかき分けて耳元で囁くと、翔子は何も言わずに頷いた。

「でも、ちょっと待って、こんどは私にさせてよ」

翔子はゆっくりと身体を起こして草太の頬にキスしてくる。

「え、もう勃《た》ってるぜ」

肉棒は翔子の艶姿に当てられて、ズボンを突き破りそうなほど勃起していた。

「いいの。私がしたいんだから、さあ早く脱いで」

全裸の翔子は草太を立ち上がらせて、シャツとズボンを脱がすと、自分は足元に跪いて、トランクスに手をかける。

「うわ、本当にギンギンだ。それに大きい……」

勢いよく飛び出してきた草太の肉棒を見つめながら、翔子は目を丸くしている。

「だから、別にしなくてもいいって言ったのに」

「いいからじっとしてて……ん……」

全裸で膝をついたまま、翔子は身体を伸ばして肉棒を飲み込んだ。

「んん……んふ」

翔子はそのまま音を鳴らして亀頭をしゃぶり始める。

唾液を絡みつかせながら唇が亀頭を擦り上げる感触がたまらない。

「ああ……気持ちいいよ、翔子」

髪を優しく撫でながら、草太は腰を震わせる。

ガチガチに勃起している怒張に唇が絡みつくたびに、電流のような快感が脳天まで駆け抜けた。

「ん……うれしい……草太のコレ、逞しくて素敵だよ」

一度肉棒を口から出し、今度は舌でチロチロと裏筋を舐めてくる。

「いっぱい、気持ち良くなってよ、んん」

亀頭の周りまで舌で舐め尽くしてから、今度は口を大きく開いて喉元まで肉棒を飲み込んでいく。

「く……それ、すごい……」

大きめの草太の逸物を、根元まで飲み込んだ後、翔子はゆっくりと頭を前後に動かし出す。

口腔内の固い部分や柔らかい粘膜の部分が交互に当たって、草太はもうたまらない。

「ん、ん、ん……んく」

翔子はリズミカルに頭を振り、口腔内全体を使って怒張を責め続けてきた。

「あああ、もう出ちゃうよ、入れてもいい？」

熱のこもったフェラチオに草太は危うく限界に達しそうになり、翔子の頭を掴んでフェラチオをやめさせた。

「ん……最後まで……してもいいけど、草太がそうしたいのなら」

翔子がうっとりとした目で見つめてきた。

跪いて男の逸物を舐めるという行為にマゾ的な性感を燃やしているようだ。

「翔子、四つん這いになって。後ろから入れるよ。翔子のお尻が見たいんだ」

「うん……いいよ」

草太が命令口調で言うと翔子は素直に四つん這いになって、ヒップを突き出す。

プリンと上を向いた形のいい尻を責めてみたいという思いは本当だが、草太にはマゾの翔子を悦《よろこ》ばせるためのある思惑があった。

「入れるよ、翔子」

いきり立つ怒張の先端を秘裂の入口にあてがい、尻たぶを両手でしっかりと握って草太は言った。

「来て、草太、あ、ああっ」

肉棒が濡れた媚肉を割ると、白い背中が何度も弓なりになる。

(う……やっぱりすごい締まりだ)

予想はしていたが翔子の膣内はかなり狭く、膣壁が肉棒を強烈に喰い絞めてくる。

草太は快感に屈しそうになるのを耐えながら腰を前に押し出していく。

「あ、ああん、草太がどんどん入ってくる。ああん」

四つん這いの身体を震わせながら、翔子は早速、歓喜の声をあげている。

「翔子の中、熱くてきついよ……なかなか入らない」

食いちぎらんばかりに締めあげてくる膣肉を掻き分け、肉棒がようやく最奥にまで達した。

「ああ、草太、ああん、奥に食い込んでる、ああん」

怒張の先端が子宮口を抉ると、翔子は後ろを振り返って目を潤ませる。

「痛いの？」

「ああん、違う。中が草太のでいっぱいになってて、ああっ、気持ちいいの」

翔子はもう切羽詰まった様子で、重力に引かれて少し大きさを増している巨乳をフルフルと揺らしてよがり泣いている。

「よし、じゃあ動くよ」

根元まで沈んだ怒張を今度は後ろに引き、ピストン運動を開始する。

「ああん、だめえっ、おかしくなる、くうう」

肉棒の張り出したエラが濡れ濡れの膣壁をこれでもかと抉ると、翔子の上体が大きくのけぞった。

「はあん、ひあ、息が出来ないくらい気持ちいい……ああんっ」

怒張を突けば硬い亀頭が子宮口を抉り、引けばエラの部分が媚肉を掻き出す。

絶え間なく襲いかかる快感の波に、翔子は屈服寸前といった感じだ。

「いいよ、もっと感じな翔子」

草太はリズミカルに腰を使って、ドロドロの膣肉を突き続ける。二人の肉と肉がぶつかる音が響き、白い桃尻が波打った。

「ああん、草太は気持ちいい？」

快楽の痺れに翻弄されながら、翔子は声を振り絞るようにして聞いてくる。

「気持ちいいよ、すぐに出そうだよ」

快感に震えているのは草太も同じだった。

これだけ濡れていても翔子の締めつけは変わらず、万力のように肉棒を締めあげている。少しでも気を抜けば草太の方が先にイカされてしまいそうだ。

「ああん、うれしい。私だけじゃないのね、ああ、感じているのは……はああん」

いじらしい喘ぎを漏らしながら、翔子は白い肌を朱に染めて、畳についた両手足を震わせてよがり泣きを続けている。

「翔子、こっちへ」

激しい快感に翔子の肉体が屈する寸前であることを悟った草太は、翔子の腰に手を回して、挿入したまま身体を抱え上げる。

そしてそのまま、自分は畳の上に座り、背面座位の体位で下から貫く形になった。

「あ、だめえ、草太、あああんん、深く食い込んでる、ああん」

角度が変わったことで肉棒がより深く子宮口に食い込み、翔子はもうたまらないといった風に悲鳴をあげた。

「何が食い込んでるの」

背後から腰を使って突き上げながら、翔子の耳元で囁く。

「あああん、そんなこと、言えない……」

草太の膝の上でだらしなく開かれた、白く長い両脚を震わせながら、翔子はイヤイヤと首を振る。

「言わないと、抜いちゃうよ……」

草太は肉棒の動きを止めると、後ろから乳房だけをゆるゆると揉んだ。

「ああん、やめちゃいや、草太の意地悪、ああっ、おチ×チンよ、ああん、草太のおチ×チンが食い込んで気持ちいいのよう」

マゾの快感を昂ぶらせているのだろう、卑猥な言葉を口にしながら、秘裂全体がヒクヒクと震えている。

「良くできました」

「ああん、意地悪なんだからあ。ああっ、でも気持ちいい、あああ」

ピストンが再開されると、翔子のよがり泣きもまた始まる。

「ふふ、ごめんごめん、お詫びにもっと良いことをしてあげるよ」

草太は翔子の身体を抱えたまま身体を回して壁の方を向く。

「ほら、前を見てみな」

「あああ、いやあ、映ってる、あああん」

壁の前には女性の部屋らしく大きな姿見の鏡があり、全裸で睦《むつ》み合う二人の姿が大映しになっている。

草太がバックで繋《つな》がろうと考えた理由はこれだった。鏡にすべてを映すことで翔子のマゾ性感を煽ろうと考えたのだ。

「いやあああ、いやらしい、こんな姿っ、あああんん」

思惑通り、翔子は鏡の中の自分を見て羞恥に震えながらも、激しく悶えている。

(確かにすごい格好だな)

自分で考えた事ながら、鏡に映る二人の姿はまさに牡と牝だと草太は思った。

胡座をかいて座る草太の上で、翔子の白い身体が蛇のようにくねりながら踊っている。

たわわな巨乳は固そうな張りを持ったまま、上下に激しく揺れ、薄桃色の乳首も暴れまくっている。

そして何より、ピンク色の秘裂をこれでもかと押し広げながら、怒張が出入りする姿はたまらなく淫らだ。

「あああん、わたし、いやらしい、すごくいやらしい」

野太い肉棒と媚肉の結合部から、だらだらと愛液を垂れ流す自身の姿を見つめながら、翔子は明らかに被虐《ひぎゃく》の性を燃やしている。

「うん、エッチだよ、翔子は」

「あああっ、草太がエッチにしたのよう。あああ、もうわたし駄目、あああん、イッちゃいそう、あああっ」

赤く染まった上体を震わせて翔子は訴えてくる。膣肉がぐいぐいと締まり、快感を貪ってきた。

「いいよ、イッても、その前にどこが気持ちいいか、ちゃんと言ってからイクんだ」

下から突きながらさらに乳首も摘み、草太は命令する。

「ひゃあああん、乳首敏感になってるからだめ。あああっ、オマ×コよ、翔子、オマ×コがすごく気持ちいいのぉ」

もはや翔子は身も心も快楽の虜《とりこ》になっているのだろうか、淫らな言葉を躊躇《ちゅうちょ》なく叫んで、悶え続ける。

「あああ、イッてもいい？　私、もう……あああん」

翔子はもう耐えきれないといった感じで、溶け落ちた瞳を草太に向けた。

「いいよ、俺も一緒にイクよ」

草太はさらに激しく腰を使って、最後の追い上げにかかる。

「あああ、すごいっ、熱いのがくる、あああん、もうイク、あああ、イクぅううっ！」

力の抜けた上体をガクガクと揺らし、翔子は絶頂に上りつめていく。

「俺もイクっ」

エクスタシーと同時に膣が激しく収縮し、草太は耐えきれなくなって、肉棒を引き抜いて達した。

「うっ」

震えと同時に怒張の先端から大量の精液が舞い、翔子の乳房や顎のあたりに命中した。

「ごめん、いっぱいかかっちゃったね……」

エクスタシーの余韻で力の入らない翔子の身体についた精液を草太は丁寧に拭《ぬぐ》った。

「もう、草太の馬鹿。いっぱい恥ずかしい事言わせてぇ」

翔子は恥ずかしそうに顔を横に伏せたまましがみついてきた。

（か、可愛い……）

また少女のような恥じらいを見せる翔子が愛おしくなって、草太は力一杯抱きしめてやった。

第三章　幼なじみの巨乳

番頭に在庫のチェックを頼まれた草太は、一人で倉庫にこもって、料理に使う乾物や缶詰の賞味期限などを確認していた。

(明日は翔子が休みか……夜はどうするんだろ)

従業員の休日はローテーション制になっているため、翔子と一緒に休める日はなかなか無かったが、同じ休みになったときはいつも激しく求め合った。

また一人で休みの時は夕食を作って待ってくれているなど、いじらしい一面も翔子は見せていた。

(このままちゃんと付き合った方がいいのかな)

自分を一途《いちず》に見てくれる翔子との関係をはっきりさせなければ申し訳ないと草太は思い始めていた。

「草太さん……チェック、終わった？」

誰もいないはずの倉庫で突然後ろから声をかけられ、草太は驚いて飛び上がった。

後ろを振り返ると、薄い青の着物を着た和香が微笑《ほほえ》んでいた。

「どうしたんですか、女将さん」

「あら、女将が倉庫にいちゃおかしいかしら。それに二人の時は和香って呼んでくれる約束でしょ」

和香は意味ありげな笑顔で草太ににじり寄ってくる。

「はは……でも今は仕事中ですから」

後ずさりする草太はあっという間に壁際の棚に追い詰められる。

「最近つれないなあと思って。もしかしてもう彼女が出来たのかな」

和香は旅館の法被を着ている草太の胸を指で突きながら、不満げに口を尖らせる。

「そんな……まさか……ははは」

愛想笑いをしながら、我ながら嘘をつくのが下手だと草太は思った。

「まあ束縛はしないけど……たまには私の相手もしてね」

和香は笑顔のまま草太の股間に手を伸ばし、ジーパン越しに肉棒を撫でてきた。

「ちょっと女将さん、誰か来たら……」

前のファスナーを下げようとしてくる和香を、草太は慌てて止めようとする。

「大丈夫よ、板さんたちは仕入れだし、番頭さんは役場に行ったから、誰も来ないわよ」

草太の首筋に息を吹きかけながら和香はベルトを緩めていく。

「それとも私とするのが嫌になっちゃった？」

妖しく目を輝かせ、厚めの唇を和香は重ねてくる。

「そんなこと」

草太はもう逃げられないと観念し、キスを受け入れて舌を絡めていった。

「んん、あん……毎日会っているのに、キスは久しぶりね……寂しかったのよ」

「すいません……」

謝りながら、もう一度唇を重ねていく。

翔子への遠慮もあって、ここのところ和香を意識的に避けていたのだ。

「いいのよ。その代わり今日は頑張ってね」

甘い吐息を吐きながら言うと、和香は着物の前をはだけて、たわわな巨乳を丸出しにする。

そして草太の足元に膝をつくと、自ら乳房を持ち上げて、肉棒を挟み込んできた。

「あ……女将さん……パイズリまで」

柔らかい肉房が逸物を包み込んで上下し始めると、甘い快感に背骨まで震えてしまう。

「うふふ、草太さんが悦んでくれるなら何でもしてあげるわよ」

妖しく微笑みながら和香は、さらに乳房を大きく揺すってくる。

（着物って、よく見るとエロいよな……）

両肩が見えるほど着物をはだけている美女の姿に、草太は異様な興奮を覚える。

帯を緩めているせいで、足元の着物も開いてしまい、白い太腿が覗いていた。

「ああ……和香さん……気持ちいいです」

「うれしいわ、もっと感じて草太さん」

さらに和香は、乳房で肉棒の竿の部分だけをしごき、亀頭部は舌を伸ばしてチロチロと舐め始めた。

「うう、両方なんて気持ち良すぎます」

快感のあまり無意識に腰をくねらせ、声まで上げてしまった。

「草太さんの、すごく硬くなってきた」

和香の巧《たく》みな責めに、肉棒の先端から早速、カウパーが溢れ出していた。

「ねえ、草太さん……私も欲しいわ」

亀頭から唇を離すと和香は息を荒くして言う。ぽってりとしたピンクの唇と肉棒の間で、カウパー液が糸を引いている。

「はい……」

草太が頷くと、和香は立ち上がって正面の棚に両手をつく。そして着物に包まれた大きな桃尻を後ろに向かって突きだした。

「色っぽいお尻ですね、和香さん」

興奮に少し声をうわずらせながら、草太は着物を捲《まく》って下半身を丸出しにする。

「何も着けていないんですか、和香さん」

腰巻《こしま》きや襦袢《じゅばん》まであげると、一糸まとわぬ白尻が露《あら》わになった。

「ああ、今日の着物はラインが出そうだったから、和服用のパンティは穿いてないの」

恥ずかしそうに頬を赤くして、和香は草太を見る。

「エッチなお尻ですね、アソコもヒクヒクしてる……」

足袋《たび》以外は身につけていない和香の下半身はムチムチとしていて、太腿から臀部《でんぶ》にかけてのラインが特に色っぽい。

「ああん、あんまり見ないで、草太さん」

恥ずかしそうに身体をくねらせるたびに、染み一つない二つの桃尻がよじれ、その奥にあるセピアのアヌスや肉厚の秘裂までうごめいていた。

「もう濡れてますよ……」

薄いピンク色の秘裂はすでに愛液が溢れていて、媚肉が倉庫の薄明かりにヌラヌラと輝いている。

「ああ、草太さんが悪いのよ、私を放りっぱなしにするから」

和香は剝き出しになった白尻をくねくねと揺らしながら、泣き声で訴えてくる。

「じゃあ、もう入れますよ」

媚肉はもう肉棒を待ち受けるように、入口が開閉を繰り返している。

前戯無しに挿入しても充分な濡れ具合だ。

「ああ、来て、草太さんっ。私、もうたまらないのう、ああん」

「はい、行きますよ」

草太は鉄のように硬く勃起した怒張を力一杯突き立てた。

「あ、あああ、いきなり、くううう」

野太い怒張が媚肉を引き裂き一気に子宮口まで達すると、和香は悲鳴を上げて両脚をガクガクと震わせた。

「大丈夫ですか、和香さん」

あまりに過敏な和香の反応に驚いて、草太は動きを止めてしまう。

「待って、大丈夫だから。ああ、やめないで」

額や頬を汗でいっぱいにしながら、和香は缶詰が置かれた棚を握りしめる。

「あああ、そう、ああああん、奥に当たってるうう、あああ」

ピストン運動を再開すると、和香の喘《あえ》ぎがまた激しくなる。

はだけた襟から見えている肩やうなじはすっかり朱に染まり、下を向いていることで大きさを増しているように見える巨乳が、釣り鐘のように揺れている。

草太が腰を叩きつけるたびに、ねっとりと肉の乗った白い尻たぶが、大きく波を打って震えていく。

「あああん、もう私、あああん、狂っちゃううう」

和香はいつもの淑《しと》やかな仮面をかなぐり捨て、獣のように喘ぎ続けていた。

「和香さん、そんなに大声を出したら、誰か来ちゃいますよ」

けっこう広い倉庫の一番奥に二人はいるが、入口の外は従業員も通る廊下だ。

あまり大声で喘いでいたら、誰かが不審に思って入ってくるかもしれなかった。

「だって、あああん、草太さんのが気持ち良すぎるからあ、くうう」

次から次へと湧き上がる喘ぎ声を堪えようと、和香は着物の袖《そで》を噛んだ。

「くう、んん、続けて。ああ、くうう」

誰かに見つかるかもしれない危険も顧《かえり》みず、和香は成熟したヒップを突き出してくる。

(早く終わらせるしかないか……)

草太も覚悟を決めて腰を激しく動かしていく。

「ううう、くうう、ああっ、すごい。ああ、草太さんは、あああん、気持ちいい？」

トロンとなった目を向けて和香は聞いてくる。

「僕も気持ちいいです……！」

快感に身もだえているのは草太も同じだった。

柔らかい媚肉が絡みついてくるような感触は前と同じで、締めつけのきつい翔子の秘裂とはまた違った快感がある。

腰を引くたびに、膣壁が名残惜しそうにまとわりついてくる気持ちよさは、たまらないものがあった。

「ああ、嬉しい。ああん、くう、ううう」

必死で歯を食いしばって声を抑えながら、和香は腰を震わせている。

こげ茶色の肉棒が薄紅色の秘裂を激しく出入りするたびに、粘っこい愛液が溢れ出し、糸を引いて流れ落ちていく。

（すごくいやらしい……）

結合部を見下ろす状態で腰を動かしている草太は、グシュグシュと淫らな音をたてる生々《なまなま》しい性器の姿に見とれていた。

「あああ、もうだめっ、あああん、イキそう」

悶え続けていた和香がついに耐えかねたように叫ぶ。

「いいですよ、イッてください」

草太は最後とばかりに、力いっぱい怒張を叩きつける。

肉と肉がぶつかる乾いた音と共に、豊かな白尻が波打った。

「ああん、草太さんも一緒に……！　ああん、中で出して、大丈夫だから」

和香は眉間に皺をよせ、潤んだ目で訴えてきた。

「え……でも……」

また中出しをせがまれて草太はさすがに驚く。

「草太さんの、ああっ、精子を受け止めたかったから、ああ、お薬飲んでるのっ、だから濃いのをいっぱい頂戴、ああああんっ」

切なげに腰をくねらせ、和香は必死で叫ぶ。

自分の全てを受け止めるために薬まで飲んでくれた和香の気持ちが嬉しかった。

「出しますよ、和香さん」

「あああ、きて、ああん、すごい、イッちゃう、イクううううっ！」

和香は声を抑えるのも忘れて叫び狂うと、はだけた着物を振り乱して、大きくのけぞった。

「僕もイキます……ううう……っ」

絶頂と同時に、優しく締めあげてきた和香の媚肉の攻撃に耐えきれず、草太も限界を迎える。

肉棒も爆発し、大量の精液が子宮口に向けて迸った。

「あああ、草太さんの精液がきてる、あああ、すごい、あああーっ」

断続的に続く射精をすべて膣奥で受け止め、和香は快楽に酔いしれた声をあげ続けている。

「あ、まだ出るっ」

草太もまた快感に震えながら、何度も精を放ち続けた。


「誰か来るかもと思ったら、すごく興奮しちゃった」

和香はいたずらっぽく笑うと、草太に軽くキスをする。

「和香さんの中が気持ち良すぎて、僕はそれどころじゃなかったですよ」

「うふふ、嬉しいこと言ってくれるじゃない。またしようね」

草太の唇を甘噛みしてから、着物を直していく。

乱れた着物を整えていく間に和香の顔つきが変わり、女将の顔に戻っていった。

（すげえ、プロだ……）

さっきまであんなに淫らに悶えていたのに、そんな気配は微塵《みじん》も見せない和香に草太はプロフェッショナルの凄みを感じた。

（俺はカメラマンとしてここまで徹底していただろうか）

着物を直して背筋を伸ばした和香を見つめながら、草太は思った。

「さあ、仕事に戻りましょう」

草太と和香は共に倉庫から出た。その方が、誰かに見られても新入りの草太に仕事を教えていたという言い訳が出来るからだ。

「あ、女将さん、どこにいらっしゃったんです。お客様が見えてますよ」

廊下に出ると仲居の一人が和香のほうに駆け寄ってきた。

「お客様？　どなたかしら」

お昼過ぎのこの時間はまだ宿泊客が到着する時間ではない、来るとすれば業者の人間くらいだ。

「小学校の先生で、津崎《つざき》様とおっしゃる方です」

「津崎？　ああ、真帆《まほ》ちゃんね、すぐに行くから事務所にお通しして」

和香はそう言うとぱたぱたと駆けだしていく。

「津崎……真帆？」

その名前に草太は聞き覚えがあった。

草太も和香の後を追って、帳場に向かった。

帳場に入ると、和香と番頭が女性と話しているところだった。

「真帆ちゃん、やっぱり真帆ちゃんだ」

懐かしい顔を見て草太は思わず声を弾ませる。

「あれー、もしかして草ちゃん。いつのまにそんなに大きくなって」

草太を指さして真帆も驚いている。

「当たり前だよ、もう二十四だぜ、って自分の歳、考えたらわかるだろ」

真帆は草太がK町に住んでいた頃に通っていた小学校の上級生だ。

当時、K町の小学校には新入生の面倒を上級生が見ながら登下校するという制度があり、新一年生だった草太を見てくれたのが四つ年上の真帆だったのだ。

ちょっと天然ぽくてとぼけたところはあったが、真帆はとても優しく草太の面倒を見てくれたので、本当の姉のように慕《した》っていたのだ。

「相変わらずだなー、真帆ちゃんも」

「変わったわよ。これでも先生なんですからね」

小馬鹿にしたように笑う草太の前で、真帆は胸を張って鼻を鳴らす。

薄紫のブラウスの下で、かなり大きい乳房がブルンと揺れた。

(ここはずいぶん変わったな……)

当然ながら子供の頃とは胸の盛り上がり方が違う。

(それにしてもいったい何カップあるんだ)

草太はブラウスを突き破りそうなほど実っている真帆の胸に見入ってしまう。

和香の乳房もかなりの大きさだが、それを遥かに凌《しの》いでいるように見えた。

「加藤君は真帆ちゃんと知り合いだったんだ」

和香の声に草太ははっとなって視線を外す。乳房に見とれていたことを和香に気づかれたかと思うと背筋が寒くなった。

「うん、そうだよ。ねえ草ちゃん、私と和香姉ちゃんは親戚なんだよ」

真帆は和香の腕を持って無邪気に笑う。

病弱だった頃、草太は何度もこの笑顔に励まされた。

「知り合いだったんなら、太鼓の件は加藤君にお願いしましょうか、番頭さん」

「うん、そうだな。加藤君なら車も運転できるし、ぴったりだ」

和香の言葉に番頭も同意している。

「太鼓？」

草太だけが訳がわからず、目を白黒させて真帆を見た。

「私が勤めてるK町小学校の運動会で祭り太鼓をやるんだけど、太鼓の数が足りなくてね。和香姉ちゃんのところに借りに来たんだ」

確かK町には祭りの時に子供が太鼓を叩く慣わしがあり、小学校の運動会でもそれを披露していた。

草太も上級生に混じって叩いた覚えがある。

「来週の日曜日にウチの旅館にある太鼓を、K町の学校まで誰が運んで、また持って帰ってくるかの相談をしていたんだよ。休日は私も女将も動けないしね」

日曜日は遅めにチェックアウトするお客も多く、見送りや対応で番頭や和香は確かに旅館から出ることは出来ない。

「草ちゃん、悪いけど頼めるかな」

両手を顔の前で合わせて真帆が頼んできた。

「うん、それくらい、おやすいご用だよ」

お世話になった真帆の頼みだからと、草太は快く引き受けた。

運動会の当日は太鼓の運搬だけでなく、写真係まですることになった。

草太が東京でカメラマンをしていたことを聞いた真帆が、校長を通して依頼してきたのだ。

番頭や和香も地元に協力するといって、忙しいのに草太を休みにしてくれ、結局、丸々一日運動会に関わることになった。

久しぶりにカメラを持つことに抵抗がないわけではなかったが、元気いっぱいにグラウンドを駆けていく子供たちを追いかけていると、草太はいつしか無心でシャッターを切り続けていた。

仕事として写真に関わる中でいつの間にか見失っていた「撮る楽しさ」を、子供たちが草太に思い出させてくれたのだ。

「あ……真帆ちゃん」

競技の合間に一息ついていると、上下ジャージ姿の真帆の姿が見えた。

教師の真帆は、草太以上に忙しく動き回っている。

(真帆ちゃん、輝いてるなあ)

カメラを構えた草太は真帆にレンズを向ける。

真帆は幼い頃から可愛らしい顔立ちをしていて、少し垂れ目で人なつっこい笑顔は今も変わっていない。

ふんわりとパーマがかけられた髪を後ろで結び、子供たちに微笑みかける姿を草太はカメラに収め続けた。

(しかし、あれは凶器だよな)

真帆を追いかけていると、どうしてもジャージを持ち上げる巨乳に目がいってしまう。

歩いているだけで、バレーボールほどはあろうかという巨大な肉房がユサユサと揺れ、運動会を見に来ている父兄も見とれている。

「本人は気づいてないんだろうな」

巨乳が揺れるのも構わずに、子供たちを誘導してグラウンドを走りまわる真帆に苦笑いしながら、草太はシャッターを切った。


運動会が終わった後も、草太は片付けの手伝いに残り、旅館の車に太鼓を積んで帰り支度を終えたのは、だいぶ日も陰《かげ》ってきたころだった。

「今日は本当にありがとう、草ちゃん」

旅館のライトバンに荷物を積み終えて車に乗ろうとすると、真帆が声をかけてきた。

真帆は昼間と同じジャージ姿のままなので、歩くだけで乳房が揺れている。

「いいよ、俺も久しぶりにカメラを持って楽しかったよ」

「そう言ってもらえると助かるけど」

真帆はニコニコと微笑んで言う。笑うと目が無くなり、子供のような可愛らしい顔に変わる。

「お願いばかりで悪いんだけど、楓旅館まで乗せていってもらえないかな。和香姉さんにお礼も言いたいし」

真帆は両手を前で合わせてお願いしてくる。

「ああ、いいよ。ついでに帰りも家まで送るよ」

「やったあ、草ちゃんは相変わらず優しいね。じゃあカバン持ってくるから待ってて」

真帆は振り返って校舎に向かう。

(お、お尻もでかいなあ)

後ろから見るとジャージのヒップの部分がはち切れそうになっていて、生地越しにうっすらとパンティのラインが浮かんでいた。

(上も下もいやらしいなあ、真帆ちゃんの身体……)

いけないと思いつつも草太は肉棒が硬くなるのを抑えられなかった。

小学校から楓旅館までは車で二十分ほどの道のりだ。

ライトバンの運転席と助手席に並んで座り、二人は昔話に花を咲かせていた。

「ねえ草ちゃん、ウチのおじいちゃんのこと、覚えてる?」

隣に座る真帆が聞いてくる。真帆は運動会の時と同じジャージ姿のままだ。

「覚えてるよ、怖いじいちゃんだろ。俺、ゲンコツもらった事あったな」

真帆のおじいさんは、近くの山で炭焼きの仕事をしていて、子供でもおかしな事をすれば容赦なく叱りつけた。

ただし、山の男らしく、釣りや虫採りが名人級で、町の子供みんなに尊敬されていた。

「うん。だけど三年前に死んじゃったんだ」

「ごめん……怖いなんて言って」

少し悲しそうに言った真帆を見て、慌てて頭を下げた。真帆はとてもおじいちゃん子だったのを覚えている。

「ち、違うの、しんみりしたいんじゃなくて、おじいちゃんが死ぬ前に遺《のこ》してくれた、いい所がこの先にあるんだけど、行ってみない？」

暗い顔をする草太に慌てて真帆は言う。

「いい所？」

「そう、そこの山道を登った先なんだけど」

真帆が指さした方には、車が一台通れるだけの、舗装されていない砂利道があった。

「いいよ、行こうか」

どうせ早く帰っても家でテレビを見るだけだと、草太は山道に向けてハンドルを切った。

狭い山道を十分ほど走ると、真帆の祖父が使っていたという炭焼き小屋が見えてきた。

「おじいちゃんが自分で建てたんだけど、けっこう頑丈に出来てるから、倉庫代わりに使わせてもらってるんだ」

小屋とはいっても、小さな平屋の家ほどはあり、石造りの土台で建てられていて、少々の雨や風ではびくともしなさそうだ。

「こっちよ、草ちゃん」

車を降りると真帆は小屋には入らず、裏手の方へ草太を案内する。

「おー、これは温泉の露天風呂かあ」

小屋の向こう側は、二十メートル以上はある切り立った谷になっていて、下をM川という大きな川が流れているのだが、谷の斜面と小屋の間のわずかな土地に石組みの露天風呂があった。

「すごいでしょ、これもおじいちゃんが作ったんだよ」

露天風呂は温泉の掛け流しになっていて、風呂には絶え間なく湯が注ぎ、溢れた湯は取り付けられたパイプを通って下の川に降り注いでいる。

そのおかげか、風呂の湯は透《す》き通っていて美しい。

「丁度こっちに夕日が見えるのよ。すごい絶景だよ」

真帆が指さした方向は、川に沿って山が開けている場所になっていて、丁度西に日が傾きかけていた。

「今日は一日大変だったでしょ。お風呂に浸《つ》かって疲れを癒して」

「そうだね、せっかくだから入らせてもらうよ」

露天風呂から見る最高の夕焼けが見てみたくなって、草太は真帆の好意に甘えることにした。


服を脱いで露天風呂に浸かると、太陽がかなり傾いていた。

（最高だな、この景色……）

肩まで湯に浸かって谷の向こうを眺めながら、草太はため息をついた。

普段は緑の山の木々を、深紅の夕日が照らしだし、まるで紅葉したかのようにオレンジや黄色に染まっている。

その光景が遥か下を流れる川に沿って視界の続く限り、広がっているのだ。

まさに絶景とも言えるこの景色を、湯かげんも抜群の露天風呂から見ているのだから、これ以上はない贅沢だ。

「ああー、最高だ」

カメラを用意しなかったことを少し後悔しながらも、草太は幸せな気分だった。

「喜んでくれてるみたいでよかったわ」

両手を伸ばして背伸びをしていると、後ろから真帆の声が聞こえた。

「うん絶景だよ、真帆ちゃん……えっ!?」

真帆が来ていると思って後ろを見た草太は、目が飛び出すかと思うほど驚いた。服を着たまま覗きにきたと思っていた真帆が、なんとタオルで前を隠しただけの格好で立っていたのだ。

タオルは普通の物より少し大きい程度で、乳首と股間は何とか隠れているものの、あまりに巨大な乳房が上と横とにはみ出している。

「うふふ、私も一緒に入れてもらおうと思って」

真帆はニコニコと笑いながら、露天風呂に白い足を入れてくる。

「だ、だめだよ、真帆ちゃん……」

自分の裸を見られることは何ともなかったが、真帆のグラマラスな身体をとても直視できずに、慌てて顔を伏せた。

「いいじゃん、昔はよく一緒にお風呂入ったじゃない」

「子供の頃の話だろ、いったい何年前だよ」

小学生の時は町にあった温泉施設に皆で行ったりしていたが、その頃とは、真帆の身体が違いすぎる。

「ふふ、でももう入っちゃった」

真帆も肩まで湯に浸かり、草太に身体を寄せてきた。

「くっつかなくてもいいだろ、広いんだから」

露天風呂はおおよそ六畳ほどの広さはあるので、二人なら充分離れて浸かれるはずだ。

それでも真帆は肩と肩が触れるほど近づいてくる。

「あら、照れちゃって可愛い。でも草ちゃんも逞《たくま》しくなったよね。昔はあんなに病弱だったのに」

真帆は手で草太の肩や背中を揉んでくる。

「ええ、まあ、皆さんのおかげでね……」

すぐ横にある白く肉感的な身体をとても直視できずに、草太は横を向いたまま話している。もう景色を見ているどころではなかった。

「どうしたの。ちゃんとこっち見て話してよ」

真帆は無邪気に笑いながら、草太の腕にしがみついてくる。

ゴムマリのような巨大な乳房が、腕に押しつけられて変形する感触があった。

「み、見れるわけないだろ、裸のくせに」

ちらりと横を見ただけで、水中に漂う白い乳房が視界に入ってくる。

「あー、草ちゃんって、おっぱい好きなんでしょ」

それは見事に図星で、タオルで隠してはいるものの、肉棒は勃起しっぱなしだ。

「草ちゃんならいいよ、好きなだけ見て」

真帆は草太の耳元で囁くとゆっくりと立ち上がる。身体から離れたタオルが水面を流れてきた。

「真帆ちゃん、うわっ」

横を見ると真帆がまっすぐに立っていた。

手で隠してもいないため、一糸まとわぬ身体の全てが見えている。

(すごい……)

あまりに肉感的な真帆の身体に、草太は言葉を失ったまま固まっていた。

滑らかな肌質の真帆の身体は白く艶《つや》やかで、ムッチリと肉の乗った太腿から腰にかけてが何とも色っぽい。

股間の陰毛は意外と濃いめで、へその少し下から下腹部を覆い尽くしている。

ウエストは特別締まっているという訳ではないが、よけいな肉はなく、反対に下腹部にはねっとりと脂肪が乗っていた。

「どう、私のおっぱい、大きすぎるかな」

しかしなにより目を奪うのは、あまりに巨大な二つの乳房だ。

メロンほどある肉房が重すぎるのか、やや横に開いてはいるものの、少しも垂れた感じはしない。

乳輪も比例して大きいが、色は薄めで美しかった。

「大きすぎるもなにも、すごいね、何カップあるの……」

草太はもう恥ずかしがっていたことも忘れ、ぽかんと口を開けて見上げるばかりだった。

「うふふ、Iカップよ」

もう一度、湯に身体を沈め、今度は草太と向かい合って座ってくる。

横座りに折りたたまれた両脚の付け根で、漆黒の陰毛が海草のように揺れていた。

「触ってもいいのよ、草ちゃん」

湯の中で揺らめく巨乳を指さして真帆は笑った。

「うん……」

草太は声をうわずらせて頷くと、目の前の肉房に手を伸ばしていく。

「柔らかい……」

二つの乳房に両手をあてて、ゆっくり揉み始める。押し込んだ指の間から柔らかい肉がはみ出してきた。

まるでマシュマロのような感触があり、肌の滑らかさと相まって指に吸い付いてくるようだった。

「あん、草ちゃんの揉みかた。いやらしい」

「だって触っていいって言ったじゃん」

草太はお湯の浮力で浮き上がっている乳房を、下からほぐすように揉み続ける。

少し興奮してきているのだろうか、乳頭部が尖りはじめていた。

「じゃあ、私も触らせてもらうからね」

「わっ、やめろよ」

お返しとばかりに真帆は草太の股間のタオルを剥《は》ぎ取って、肉棒に手を伸ばしてきた。

二人は子供のころに戻ったかのようにきゃっきゃっとはしゃぎ合う。

「あら、草ちゃんの、もうこんなに」

すっかり硬くなっている草太の肉棒を握りしめた真帆は、驚きに目を白黒させている。

「あの草ちゃんが、こんなに大人になったんだあ」

「当たり前だろ、あれから何年経ってると思ってるんだよ」

湯の中の肉棒をレバーのように前後させながら見つめる真帆に、草太はお返しとばかりに巨乳を揉みしだいた。

「あん、もう激しすぎるよ」

真帆は敏感に反応して、小さな嬌声をあげた。

「ねえ、草ちゃん、一回上がらない。のぼせてきちゃった」

ずっと温泉の中にいたため、二人は汗だくになっている。このまま浸かっていたら湯あたりしてしまうかもしれない。

二人は湯から上がると、露天風呂の横に作られた洗い場のイスに座る。旅館のようにシャワーなどの設備はないが、木桶やイスが置かれていた。

「ねえ、昔みたいに洗いっこしようか」

別々のイスに向かい合わせに腰を下ろすと、真帆がボディシャンプーを手にして笑った。

「子供の頃とは身体が全然違うけどな。だいたいあれは背中だろ」

「えー、私、一回だけ草ちゃんと前も洗いっこして、お母さんに怒られたことあったよ」

真帆はボディシャンプーを泡立てながら笑った。笑うと垂れ目の目が無くなって、さらに優しい顔になる。

「おぼえてないなあ。て言うか、子供の俺にそんないたずらしてたのかよ」

「うふふ、じゃあ、今から続きだね」

充分に泡立ててから真帆はシャンプーを、草太の肉棒に塗り込んできた。

「大きいのね、草ちゃんのって」

泡を潤滑油代わりにして、真帆は怒張をしごき始める。

「うっ、昔はそんないやらしい手つきじゃなかったよ」

亀頭や竿を細い指が巧みな動きで這い回り、草太は肉棒を震わせる快感に声を漏らしてしまった。

「うふふ、私だって成長してるのよ」

ひとしきり草太の肉棒にシャンプーを塗りおえると、真帆は自分の乳房にも塗っていった。

「草ちゃん、立って、この間に入れてみて」

真帆は自らバストを持ち上げ、二つの乳房を前に突き出すようにしながら、密着させた。

「前からね……」

立ち上がった草太は真帆に言われるがままに正面から、二つの巨乳の間に猛々しく勃起した逸物を押し込んでいく。

「じゃあ自分で動いてみて」

乳房を持つ両手に力を込めて、ギュッと肉棒を挟み込んできた。

「うん……」

言われるがままに草太はゆっくりと腰を動かしていく。

（う……なんだ、これすごい）

Ｉカップという充分すぎるほどのボリュームがあるため、乳房の正面からまっすぐに差し込んでも、肉棒は根元まで埋没する。

そのまま腰を引くと、隙間無く密着した乳肉が亀頭のエラや裏筋を擦り上げてきて、たまらなく気持ちいい。

真帆の手によって大きく前に突き出された乳房の谷間を、肌と肌が擦れ合う音をたてながら肉棒が出入りしていた。

「ああ……すごいよ、真帆ちゃん」

草太はもう夢中で腰を振り続ける。ボディシャンプーの泡と真帆の滑らかな肌が相まって、まさに夢見心地だ。

「ふふ、どう。普通のパイズリより気持ちいいでしょ」

「うん……最高だよ……」

草太は真帆の肩に手を置いて腰を動かし続ける。真帆はそんな草太を見上げながら、両手でしっかりと乳房を押しつけてくる。

亀頭部から熱い痺れが全身に駆け抜け、腰や膝がガクガクと震えた。

（うう、チ×ポが震えだした）

甘い痺れが背骨まで駆け抜けるたびに、怒張が快感で脈打ち、先端からカウパー液が断続的に迸《ほとばし》る。

そしてそのカウパー液もローションの代わりになって、草太をさらなる快感に誘うのだ。

「もう駄目だよ、真帆ちゃん」

蕩《とろ》けるような巨乳の快楽に、草太はあっという間に限界を迎えた。

「いいよ、そのままおっぱいでイッて。草ちゃんがイクところ見せて」

柔らかい乳房をさらに寄せ上げて真帆は言った。

「ごめんね俺だけ。でももう駄目だ、うううううっ」

肉棒の根元が何度も収縮し下半身が引きつる。

怒張の全てに密着してくる乳肉に向かって、草太は力いっぱい腰を振った。

「あ、イク、出るうう！」

草太は少し情けない声をあげて絶頂に達する。

肉棒の先端から熱い粘液が飛び出し、草太は立っているのも辛くなって、真帆の肩に身体を預けたまま全身を震わせた。

「あん、すごい」

ドクドクと脈打ちながら、怒張はIカップの中にこれでもかと精を打ち出す。粘っこい精液が谷間から流れ出して、糸を引きながら真帆の太腿に流れ落ちる。

「う、まだ出る」

射精しながら草太は腰を振り続ける。動きがあまりに激しいため、肉棒が勢い余って谷間から飛び出した。

「きゃっ」

　顔を出した亀頭部からまだ精液が飛び出し、真帆の顔にかかってしまった。

「ごめん、真帆ちゃん」

　ようやく射精が止まると、草太は慌てて真帆の頬についた精液を拭った。

「いいよ、でもいっぱい出したねえ」

　乳房から真帆の手が離れ、二つの巨大な肉房が左右に開くと、胸の周りに大量の白い粘液が糸を引いていた。

　解放された後も反動でユサユサと揺れ続けている乳房にも付着していて、ぷっくりと膨《ふく》らんだ乳首も白く染まっている。

「今度は俺が洗って上げるよ」

　草太はお返しとばかりにボディシャンプーを手に伸ばし始める。

「えー、私はいいよお」

「だめだよ、洗いっこする約束だろ」

　いやがる真帆をイスに座らせ、草太は正面にしゃがんで、フルフルと揺れている巨乳に泡を塗り込んでいく。

「ほんと魔物だね、このおっぱい」

Ｉカップもあると塗っている手が埋もれそうだ。

どこまでも柔らかい感触を楽しみながら、草太は両手で丁寧に洗っていく。

「ひどいなあ魔物なんて。あ、あん、草ちゃんの手つき、いやらしい」

乳房を撫でる手が乳頭に触れると、真帆は甘えたような声をあげた。

「乳首が敏感なんですか、お姉さん」

草太はにやりと笑って乳頭部を指で摘みあげた。

「あ、ああん、そこ弱いの、くううん」

グラマラスな身体をビクビクさせて真帆は甲高い声をあげる。

(なんていやらしい顔をするんだ、真帆ちゃん)

垂れ目の愛らしい瞳を潤ませて、口を半開きにする真帆のよがり顔を見つめながら、草太は思った。

体調が良くなってからは父親の住む東京に戻ったため、草太が真帆の事を知っているのはせいぜい中学に入るくらいまでだ。

もちろん昔のままだとは思っていなかったが、純真な子供だった真帆が腰をくねらせて悶える姿を見ていると、見てはいけないものを見ているような思いと共に、異様

「ああん、草ちゃん、激しい……ああ」

いつの間にか必死になって乳頭をこね回す草太の前で、真帆がたまらないといった表情で悶えている。

巨乳に合わせてやや大ぶりの乳首が固く勃起して上を向いていた。

「ごめんよ、乳首ばかり責めて。こっちもだよね」

興奮の極致にいる草太はさらに真帆を追い詰めようと、秘裂にも手を伸ばしていく。

「ひゃあああん、そこは、もっと声出ちゃうから、ああん」

濃い陰毛をかき分けて肉芽をまさぐり出すと、イスの上で真帆の身体が跳ね上がり、たわわな巨乳が激しく波を打った。

「ああ、気持ちいい。くうん、草ちゃん、私、気持ちいいよう」

真帆は汗だくになった顔を草太に向けて叫ぶ。

優しげな垂れ目の瞳は妖しく潤み、半開きになった唇から漏れる、よがり泣きの声が露天風呂全体に響き渡っていく。

「もう濡れてるよ、真帆ちゃん」

「ああん、草ちゃんがいっぱいするからよう」

身体の昂ぶりに秘裂の方も反応しているようで、次から次へと愛液が溢れ出して草太の指に絡みついてきた。

「ああ……ねえ、草ちゃん、もう欲しいの……いい？」

クリトリスの快感に悶える真帆が頬を赤くして、草太の股間で屹立《きつりつ》する逸物に視線を送ってきた。

「うん、いいよ。このまま上から乗る？」

洗い場の床は剥き出しのコンクリートになっていて、肌に触れたら痛そうだ。

ここで繋がるとすれば、イスに座る草太の膝の上に真帆が乗るしか方法がない。

「うん、じっとしててね」

真帆は大胆に脚を開いて草太に跨がると、ゆっくりと腰を沈めてくる。

ムチムチした太腿が開いた瞬間、濃い草むらの奥に肉厚の媚肉が愛液で濡れ光る姿が見えた。

「あ、ああん、草ちゃんのおっきい、ああん」

開かれた両脚の付け根に硬い亀頭部が沈み始めると、真帆は再び艶めかしい声で喘ぎ始める。

「ん、ん、入ってくる。あはあああん」

熱く濡れた膣肉をかき分けて、怒張がぐいぐい押し入っていく。

内側も充分に肉厚な膣壁が肉棒を包み込んできて、たまらなく心地良かった。

「ん、んんっ、あああ、あん……っ、やっと全部入ったわ」

ようやく肉棒が根元まで沈み、対面座位で繋がる形になると、真帆は汗まみれの顔で微笑んだ。

「うん、真帆ちゃんの中、すごい熱いよ」

「草ちゃんこそ、硬すぎるわ」

二人は互いに見つめ合いながら、ゆっくりと唇を重ねていった。

「そういえばまだキスしてなかったね」

唇を離すと真帆がクスクスと笑い出した。

「俺、真帆ちゃんとキスする日がくるとは思いもしなかったよ」

「私だってそうよ。プッ、おかしいね、もっとエッチな事してるのに……キスでこんなに盛り上がるなんて」

真帆が笑うと、草太もつられて笑った。

「でも草ちゃんがこんなにいい男になってくれて嬉しいな。ちょっと意地悪だけど」

膝の上の真帆が優しく微笑んで、草太の頬を撫でてきた。

「意地悪？　なんかしたっけ、俺？」

思い当たることの無い草太は首をかしげる。

「だってさっき、おっぱい、いじめたじゃない」

半笑いで口を尖らせ、真帆は言う。

「ああ、こういう事？」

草太はしたり顔で頷き、下から肉棒を突き上げた。

「ひ、ひあ、ああああん、いきなりなんて、草ちゃんの意地悪うう」

真帆の身体が大きくのけぞり、膣壁がヒクヒクと震える。

「あ、ああん、奥に、ああん、当たってる」

そのままピストンを開始すると、真帆はよがり始める。

肉付きの良い身体が草太の膝の上で大きく跳ね、ワンテンポ遅れて巨大な乳房がゴムマリのようにバウンドする。

左右の乳房が別々のリズムで飛んで弾け、まるで違う生き物が踊っているかのように見えた。

「真帆ちゃん、奥がいいの？」

突き上げるだけでなく、ムッチリとしたヒップも手で揺すりながら、草太は囁《ささや》いた。

「あ、ああ、うん、もう少し、あああっ、右」

湧き上がる喘ぎ声に遮《さえぎ》られながらも、真帆は必死で答える。

「こう？」

草太は腰をずらし、膣の右奥をぐりぐりと掻き回す。

「あ、あああ、そんな風にされたら、あああ、おかしくなっちゃうぅっ」

白い背中が大きく弓なりになり、たわわな巨乳が弾ける。

真帆の肌はもう赤く上気していて、大粒の汗が身体中を滴《したた》っていた。

「気持ちいいの？　俺のチ×ポ」

「あああ、いいわ、草ちゃんのおチ×チン、気持ち良すぎるぅ」

なんのためらいもなく隠語を叫び、真帆は悶え続ける。目は充血して妖しく潤み、大きく開かれた唇の奥から絶え間なく喘ぎ声が溢れていた。

「じゃあもっと気持ち良くなるように、自分で動いてみて」

草太は突き上げを止め、真帆のヒップを持っていた手も離す。

「あ、ああん、ひどいよ草ちゃん、女の子にそんなことさせるなんてぇ」

急に突き上げを止められ、真帆は切なそうに腰をくねらせる。

「そうだよ、いじわるだからね俺は。さあ、自分で動かないとチ×チンも小さくなっちゃうよ」

ふざけた調子で笑いながら、草太は両手を広げて、何もしないことを示した。

「ああん、ばかあ。でも、ああ、だめぇ」

真帆は耐えかねたように叫ぶと、草太の肩に手を置いて、自ら身体を上下に動かし始める。

大きく開かれた太腿とムチムチした腰が上下動を繰り返す。身体を動かした反動でIカップの巨乳が波を打って揺れた。

「すごくいやらしいよ、真帆ちゃん。真帆ちゃんのオマ×コ、ぱっくり開いてチ×チン飲み込んでるよ」

結合部を見ると濃い陰毛にみっしりと覆われた下腹部の下で、ピンク色の媚肉が信じられないほど大きく開いて野太い怒張をくわえ込んでいる。

「あああ、見ないで、草ちゃん。じっと見ちゃ駄目」

全身を真っ赤に染めて真帆は首を振るが、腰の動きは止まらない。

真帆の腰が浮き上がるたびに、結合部から半透明の愛液が溢れ出し、肉竿をヌラヌラと輝かせていく。

「あ、あああ、恥ずかしいのに、ああん、気持ちいいよう」

強い快感が身体を勝手に動かしているのだろう、真帆の動きがどんどん激しくなってくる。

(それにしてもすごい迫力だな)

膝の上で腰を浮かせる体勢を取っているため二つの乳房はちょうど草太の顔の前にある。

「あ、あああん、はあん」

あまりに大きすぎるが故、左右に開いている巨乳が、ぷっくりといやらしく膨らんだ乳頭部と共に、大きく波を打って鼻先で弾けているのだ。

そのあまりの迫力に草太は圧倒されていた。

「ああ、草ちゃん、もうだめ、許して」

快感と腰を振り続けた疲労で息が上がってしまった真帆が、動きを止めて草太にもたれかかってきた。

「あ、ごめん、おっぱいに見とれちゃってたよ」

「ひどい。ほんとにいじわるね、草ちゃんは」

笑ってごまかす草太を見て、真帆が頬を膨らませる。

「これから頑張るから許してよ」

草太は真帆に唇を重ねると、舌を出していく。真帆もそれに応え、二人は音をたてて口を吸い合った。

「んん……くふ……」

激しく舌を絡ませながら、草太はゆっくりとピストンを再開する。

「んん……あ、だめ、あああん」

子宮口に肉棒が食い込むと真帆は派手に喘ぎ始める。草太は勢いをつけ、さっき真帆が言っていた膣の右奥を抉った。

「気持ちいい。あああん、身体が痺れちゃうようううっ」

巨乳をこれでもかと揺らし、真帆はよがり続ける。

「自分でするのと、どっちが気持ちいい？」

「あ、あああん、草ちゃんに突かれた方が、ああっ、何倍も気持ちいいよう」

グラマラスなボディを蛇のようにくねらせながら、真帆は虚ろな目をして、快楽の泥沼に沈んでいく。

「あああ、もうだめ、草ちゃん、私、もうイッちゃうっ」

そして、自ら限界を口にすると、歯の裏が見えるほど背中をのけぞらせて喘いだ。

「いいよ、イッて真帆ちゃん。俺ももう出そうだよ」

「あああん、草ちゃん、今日は大丈夫だから中にきて、草ちゃんのスペルマを真帆に頂戴、ああっ」

真帆は無我夢中で叫ぶと草太にしがみついてきた。

「む……むく……」

顔面に乳房が押しつけられて息が出来なくなったが、ここで突き上げをやめるわけにはいかない。

草太は呼吸を止めて、真帆の身体が浮き上がるほど激しく腰を動かした。

「あ、ああっ、もうだめ、イクうううう！」

一際《ひときわ》大きな叫び声をあげて、真帆は絶頂に上りつめる。

「ふぐ……んんっ……」

草太も息が出来ないままエクスタシーに達し、膣内に精液を放った。

「ああ、ああん、草ちゃんのスペルマ、熱いようう、ああん」

真帆は垂れ目をさらにトロンとさせて、腰を震わせている。

「んん、ぷはっ、おっぱい押しつけたら息が止まって死んじゃうよ」

ようやく解放された草太は肩で息をしながら真帆を見る。

「あら、ごめんなさい、気がつかなかったぁ」

「なんだよ、さっきの仕返しかよ」

さっき、真帆が自分で動いて息が上がっていたことに気づかなかったお返しかと、草太は口を尖らせた。

「そんなわけないでしょ、子供じゃあるまいし、馬鹿ね、ふふふ」

「確かに……くくく」

二人はしっかりと抱き合ったまま、子供の頃を思い出したように笑い合った。

炭焼き小屋を出たときにはもう日が暮れていて、楓旅館で太鼓を降ろして、K町にある真帆の家に着いたときにはもうけっこうな時間だった。

「真帆ちゃん、はいこれ」

久しぶりに会う真帆の両親に挨拶をして、車まで彼女だけが見送りに来てくれたときに、草太は一枚の写真を手渡した。

「え、なにこれ、私……？」

写真は運動会での真帆の姿を撮ったものを、旅館で真帆と和香が話している間にプリントアウトしたものだ。

草太はデジタルの機材を使っているのでこういうことは簡単にできる。

「我ながら、真帆ちゃんの可愛さがよく出てるいい写真だよ」

自分の撮った写真を褒《ほ》めたくなるくらい、画像の中の真帆は素晴らしかった。

まだ低学年の小さい子供たちを誘導しながら、目を細めて笑う姿は母性を感じさせる美しさに溢れていた。

「すごおい、いつもの私より綺麗に撮れてるよ、これ。部屋に飾ろうかな」

真帆も少し驚いて写真を見つめている。

「いやいや、モデルさんがいいからですよ」

「もう、心にも無いこと言って」

草太と真帆は互いに笑い合い、軽くキスを交わした。

「じゃあ、帰るね」

唇を離すと草太は車に乗ろうとする。

「あ、草ちゃん、もう会った？」

「え、何が？」

突然の言葉に草太は目を丸くする。

「あ、それならいいの。おやすみ」

「うん、おやすみ」

草太は車のエンジンをかけると楓旅館に向かって走り出した。

（なんのことだろう……）

ハンドルを握りながら草太は一人首をかしげた。

第四章　待っていた処女

爽《さわ》やかな風が吹く午後、昼休憩で散歩に出た草太は、旅館近くの小川の土手で、ぼんやり川面《かわも》を眺めていた。

「あー腰がだるい……」

昨日は仕事終わりに和香と一回、家に帰って翔子と一回、立て続けにセックスをしたため朝から身体に力が入らなかった。

しかも、へっぴり腰で魚の入った箱を運んでいて、板長に怒鳴られるというおまけまでついた。

(真帆ちゃんも入れると、近場で続けて三人としたわけか……いつか血を見るよな)

和香はともかく、翔子や真帆が、草太が他の女ともただれた関係にあることを知ったらどんな反応を見せるか、それを想像すると背筋に悪寒《おかん》が走るのだ。

(汚れてるよな、俺……)

すぐ下にある清らかな水面を見ていると、自分の汚れっぷりが嫌になる。

これからは流れに任せてセックスをするのだけはやめようと、草太は心に誓うのだった。

「ふう……えっ、うわっ」

深いため息を吐いて、うなだれた時、草太は突然誰かに背中を押された。

「うわわ、危ねえ」

危うく川に転がり落ちそうになりながらも、必死で土手の草を掴んで踏ん張った。

「誰だっ」

二メートルほどはある土手の中ほどで体勢を立て直して上を見ると、Tシャツにショートパンツの女が仁王立ちしていた。

「いったい誰だ、なんの恨みがあってこんな事……」

土手を勢いよく駆け上がった草太だったが女の前で足が止まってしまった。

やや小柄でスリムな女はかなりの美人で、色白の翔子や和香よりもさらに色が白く、透き通った頬や顎の辺りが実に美しい。

整った眉毛の下には大きな瞳があって、面積の広い黒目がじっとこちらを見ていた。

「も……もしかして美雫《みしず》か」

上唇の大きいアヒルのような口元に草太は見覚えがあった。

美雫は草太がK町に住んでいたときに、家の近所にあった和菓子屋の娘で、確か歳は草太よりも四歳下だったはずだ。

とにかくおてんばな子で、木登りをして降りられなくなったところを草太が助けたり、年上の男の子とケンカしているのを止めに入ったこともあった。

当時は色も黒く、よく男の子に間違えられていたが、ショートカットの黒髪とアヒルのような唇は昔からだった。

「久しぶりね、草ちゃん……」

美雫はにこりともせずに言った。愛想の悪いところも昔から変わっていない。

「いやあ、でも変わったなあ、お前」

さっき反省したばかりだというのに、草太は早速、美雫の身体を見てしまう。

小柄な身体ながらショートパンツから伸びる脚は細く長く、そして色が真っ白だ。

若々しさを感じさせる持ち上がったヒップや、ギュッと引き締まったウエストなど、素晴らしいプロポーションだ。

上体を見ると、腕や肩周りは少女のように華奢なのに、乳房だけは豊かに盛り上がり、Tシャツの胸にプリントされた文字を持ち上げている。

「何で身体ばっかり見てるのよ。このスケベ」

美雫は声を荒げると力任せに草太を突き飛ばした。

「馬鹿、何すんだ。うわ、あわわわ」

今度は完全にバランスを失い、草太は土手を転がり落ちていく。

草太も必死で踏ん張ろうとするが、一度ついた勢いはどうにもならず、そのまま川に転落した。

「な、なにするんだよ」

小川は流れも緩く、深さも足首ほどしかない。しかも所々で温泉が湧き出ているらしく、ほんのりと温かかった。

「ずぶ濡れになったじゃないか。どうすんだよ、これ」

ジーパンから旅館の法被、そして靴まで、全てびしょびしょになった草太は怒鳴りながら土手を上がる。

「久しぶりにあった挨拶がこれかよ。昔と変わったのは見た目だけか」

幼い美雫のいい遊び相手だった草太は、よく飛び蹴りをもらったりしていた。

「見た目だけって……そんな事だと、あの約束も忘れてるんでしょう」

大きめの上唇を尖らせて美雫は不満げに言う。

「約束？　何、それ」

全く覚えのない草太は目を丸くする。

「もういい！　草ちゃんなんか死んじゃえっ」

目の前に立った草太を、美雫はもう一回突き飛ばした。

「あああああ」

間抜けな叫び声と共に草太は再び土手を転がり落ちて、小川に着水した。

「いい加減にしろよ、美雫、こら、美雫っ」

怒鳴り声をあげる草太を一瞥《いちべつ》し美雫は早足で立ち去っていった。

「なんなんだよ、全く……」

川底に尻餅をついたまま、草太は一人呟いた。


番頭に服を汚してしまったと連絡を入れ、自室に着替えに戻った草太は真帆の携帯電話に連絡を入れた。

『あー美雫ちゃん、もう会いにいったんだ。あの子、東京の大学に行ってるんだけど、いま休みで帰ってきてるんだよね』

電話口から真帆の脳天気な答えが返ってきた。

「やっぱり真帆ちゃんが教えたのか」

狭い町なので、真帆と美雫も当然のように幼なじみだ。この間、真帆がもう会ったかと聞いてきたのは美雫の事だったのだ。

『えー教えたら、まずかったの？』

「まずくはないんだけど、あいつ いきなり俺を川に突き落としたんだぜ」

ずぶ濡れになった頭はまだ湿ったままだ。

『どうせ草ちゃん、美雫ちゃんの胸や脚ばかり見てたんでしょ』

あまりに図星をつかれて草太は何も言い返せなかった。

「そ、そんな事よりさ、美雫の奴、俺との約束がどうのって言ってたんだけど、なんの話か真帆ちゃん、わかる？」

うろたえた草太は慌てて話題を変える。

『約束？　ああ、あれの事かなあ』

電話の向こうの真帆には思い当たる節があるようだ。

「え、なにそれ、教えてよ」

『うーん、私の口からは言えないねえ。あ、私まだ学校だから、切るね。ごめんね』

真帆は慌てた様子で一方的に電話を切ってしまった。

「なんだよ、それ」

草太は喉に魚の骨が引っかかっているような気持ち悪さを感じていた。


「すいません、遅れました」

着替えをすませて旅館に戻ると帳場に和香と番頭がいた。

「このポスター、もう捨てちゃっていいわよね」

夏の打ち上げ花火の写真が印刷されたポスターを和香が広げていた。

ポスターは山の向こうのI市で行われる花火大会のもので、草太もK町に住んでいた頃に、子供会で見にいったことがあった。

（あ……約束……）

夜空に舞う打ち上げ花火の写真を見た瞬間、草太の頭に子供の頃の記憶が鮮烈に蘇《よみがえ》ってきた。

小学生だった夏休み、I市まで子供会の皆と引率の大人たちで花火大会を見にいった。確か真帆や、小さかった美雫もいた。

花火が終わって、皆でアイスを食べていた時に当時まだ新入生だった美雫がはぐれてちょっとした騒ぎになった。

もちろん美雫を探すのは引率の大人たちや、手伝いに来ていた中学生の役目で、子供は広場で待機していたのだが、心配になった草太は近くにあった大きな木に登って辺りを見渡してみたのだ。

身体は弱かったが木登りが得意だった草太は、かなり高いところまで登って、花火帰りの群衆を見下ろしていた記憶がある。

そこから少し離れた暗闇に泣いている美雫を見つけた草太は、なぜそうしたのか覚えていないが、一人で迎えにいったのだ。

そして、もらったアイスを落として泣いている美雫を見つけて、自分の分をあげて一緒に皆のもとへ帰った。

手をつないで戻る途中、「アイスのお礼に草ちゃんのお嫁さんになってあげる」と言うので、草太は「うん」とだけ答えた覚えがある。

そしてK町の家に帰るまで、美雫は草太の手を握って離さなかった。

(そりゃあ、怒るよなあ)

記憶の糸をたどればたどるほど、さっき美雫が怒った理由もわかる気がする。

美雫もあのころの約束を未だに信じているわけではないだろうが、十何年ぶりに会った約束の相手が、すべて忘れて身体ばかり見ていたのだから、怒って当然だ。

(近々謝りにいくか……しかしどうしようもないな、俺も……)

草太は自分のスケベっぷりを今度こそ本気で反省した。

翌日、草太は空いた時間に旅館の車を借りて、K町にある美雫の家に向かった。

家業の和菓子店は改装して違う外観になってはいるものの、昔と同じ場所にあった。

「美雫……」

ちょうど美雫が店の前で掃き掃除をしていて、草太は思い切って声をかけた。

「草ちゃん」

美雫は驚いて顔を上げたが、すぐに恥ずかしそうに下を向いてしまった。昨日のように怒った顔はしていない。

「今日は美雫に謝ろうと思ってきたんだ」

ホウキを叩きつけられるかと思っていた草太は、少しほっとする思いで頭を下げた。

「いいよ、昨日は私も悪かったし……ごめん」

「どうして……美雫は悪くないよ……俺の方こそ、ごめんな」

二人は少しぎくしゃくしながら互いに謝りあう。

「昨日……真帆姉ちゃんから電話があって、『お互いもう大人になったんだから』って怒られちゃって……ちょっとは反省したの」

謝るのが恥ずかしいのだろう、美雫は決して草太と目を合わせずに話している。そういう素直じゃないところは昔と変わっていない。

「うん……でもまあ……うん、お詫びに、こ、今度なんかおごるよ」

真っ赤になった美雫の顔を見ていると草太も恥ずかしくなってきて、食事に誘うくらいの言葉をどもってしまった。

「ほんと？　じゃあ私、I市に出来た温泉プールに行きたい」

美雫の顔がぱあっと明るくなった。白い歯が輝いて眩《まぶ》しい。

「温泉プール？　ああ、あれか、いいよ」

有名温泉地であるI市には大きなホテルがいくつかあり、その中の一つが温泉を利用した室内プールを造ったと、番頭が言っていた。

「ほんとに約束だよ」

「ああ、約束だ」

無邪気に笑う美雫と草太は昔のように指切りをして、約束を交わした。


次の休日、草太は美雫を連れて、温泉プールに来ていた。

プールは思っていたよりも巨大な施設で、スライダーや波の出るプールまであり、しかも全てが屋根に覆われた屋内にあった。

ただ平日の今日は利用客も少なく、更衣室などもかなり余裕をもって使うことが出来た。

「おまたせ、草ちゃん……」

先にプールサイドに出て待っていると、水着に着替えた美雫が出てきた。

「おおお……」

美雫が身につけているのはイエローのビキニで、色白の肌によく似合っていた。

「あんまり、見ないで……」

大胆な格好をしてきた割に美雫は恥ずかしがっている。川に突き落とした美雫と同じ人間とは思えない変わりっぷりだが、草太はそんなことはどうでも良かった。

(なんて可愛いんだ……)

他のことなど考えられなくなるほど、つま先から頭の上まで美雫は美しかった。

若々しくピンと張った肌は透き通るように白く、すらりと長い脚には所々、静脈が浮かんでいる。

背はそんなに高くないが、頭も小さいため全体のバランスは取れている。

ショートカットの黒髪と大きな瞳が少女っぽさを、上唇の大きなアヒル口が色っぽさを見せていた。

「ねえ、泳ぎにいかないの?」

言葉も出ない草太に美雫が不安げに言ってくる。

「ん、ああ、行こうか」

ようやく草太は我に返って歩き出す。

「私、波のプールに行ってみたいな」

草太の横を歩きながら、美雫は身体を弾ませる。

ビキニのブラジャーに包まれた、細い身体には不似合いな巨乳がぷるんと揺れた。

「あーよく遊んだね、草ちゃん」

ひとしきりプールの施設を堪能した二人はプールサイドに置かれたベンチで休憩していた。

「ああ、そうだね」

二人とも水に濡れて髪の毛までびっしょりだ。

美雫の白い頬にショートカットの髪が張り付いて愛らしい。

（まだ午前だから、人が少ないな……）

草太は今日、美雫にある頼み事をしようと思っていた。それを実行するには他の客が少ない今しかない。

「なあ美雫、頼みがあるんだけど」

草太は思い切って口を開いた。

「え、何？」

草太がやけに真剣な顔をしているので美雫も不安げな表情になる。

「俺が東京でカメラの仕事してたのは話したっけ？」

「ううん。でも、真帆姉ちゃんから聞いた」

「そうか。……今日さ、美雫の写真を撮らせて欲しいんだ」

草太は再会した時から、美雫の美しい姿をどうしても写真に収めたいと思っていた。

それは決していやらしい気持ちからではなく、純粋に写真を撮りたいという欲求からだ。草太のカメラマンとしての本能が撮れと言っているのだ。

「え……写真？　この格好、水着で？」

「うん、そうだよ。だめかな」

撮るなら水着だと思い、防水仕様のカメラも用意している。美雫のスタイルの良さが際立《きわだ》つのは水着だとわかっていた。

「えー、うーん」

美雫が下を向いてうなりだした。水着姿を写真に撮られるなどということを、美雫が苦手としているのは、この間の川で体を眺めた一件でわかっている。

いくら何でも無理強《じ》いはできないので、断られたら潔《いさぎよ》く諦《あきら》めようと考えていた。

「うーん、じゃあ、お昼、おごってくれたらいいよ」

意外にも美雫はあっさりと承諾してくれた。

「え、本当か？」

もちろん今日は美雫にお金など一円も払わせるつもりは無かったが、ご飯くらいですむのなら安いものだ。

「恥ずかしいけど、草ちゃんならいいよ」

美雫は照れたように笑った。

「ありがとう、カメラ持ってくるから、待ってて」

美雫の気が変わらないうちにと、草太はカメラが置いてある更衣室に向かって駆け出した。

カメラのセッティングを終えて、プールサイドで撮影を始めた。

撮影許可など取っていないので、あくまでも遊びに来たついでに写真を撮っている風に装わなければならない。

カメラ自体もコンパクト型で照明やレフ板も無かったが、最近はコンパクト機でも充分な性能を持っているので、なんとかなるはずだ。

「じゃあ、そこに座ってこっち向いて、無理に笑わなくてもいいから」

黄色いビキニでじっとこちらを見つめる美雫に向かってシャッターを切り始める。

(すごい目力《めぢから》だな)

黒目の大きな美雫の瞳には、圧倒されるような迫力があった。モデル相手の写真にはあまり興味がなかった草太だが、魅入られるように撮り続けた。

「じゃあ、今度はプールに腰まで浸かって、そう」

草太は息をするのも忘れるほど必死でシャッターのボタンを押し続けた。

何枚撮ったかわからないくらい、美雫の肢体を草太はカメラに収め続けた。

「ふう、終わりにしようか？」

本音《ほんね》で言えばもっと撮っていたかったのだが、コンパクトカメラの専用バッテリーが上がってしまったので、切りをつけることにした。

「私なんかでいい写真撮れたの？」

ちょうど人気《ひとけ》の少ない場所にあったベンチに並んで座り、二人は草太が買ってきたジュースを飲み始めた。

「撮れたさ。帰って確認するのが楽しみだよ」

「そう」

美雫は小さい声で言うと、恥ずかしそうに前を見た。

「なあ、ごめんな、子供の頃の約束忘れてて」

思い切って切り出すと、美雫の白い顔がたちまち真っ赤に染まっていった。

「そ、そんなこと、どうでもいいよ。昔の事だし」

美雫は珍しく狼狽えた顔を見せ、両手をばたばたさせてごまかそうとする。

「でもさ、俺、ほんとに申し訳ないと思ってるんだ」

「どうして？」

大きな瞳を少し細めて、美雫は見つめてくる。

向かい合うと見える、ブラジャーに持ち上げられた乳房の谷間が眩しかった。

「だってあんなに小さかった美雫が覚えてたのに、俺はすっかり記憶になくてさ」

「だってあのとき、すごく嬉しかったから……ほんとだよ」

美雫は切なげな瞳でじっと見つめてくる。何か思い詰めたような真剣な目で、草太を見上げていた。

「美雫……」

草太はそっと美雫の肩に手を置いて抱き寄せる。

なすがままに身体を倒し、美雫は草太の胸に顔を埋めてくる。

「あったかい……草ちゃんの胸……」

「美雫の肌もだよ」

水着でいるため肌が直《じか》にふれあい、互いの体温が伝わってくる。

「美雫……」

そして二人はどちらからともなく唇を近づけていく。

「ん……」

プルプルのピンクの唇に自分の唇を重ね、草太は美雫の華奢な身体を力いっぱい抱きしめた。

昼食は奮発してプールに併設されたホテルのレストランでコース料理を頼んだ。

「こんなに高いところ……よかったの」

「気にするなよ、モデルになってくれたお礼さ」

支払いの時の値段を聞いて、美雫が申し訳なさそうに言った。

正直、気にならない金額ではなかったが、ここは男らしく胸を張った。

「今日は水曜ですので、コース料理をご注文のお客様は夕方までお部屋でご休憩いただけますが、ご利用になりますか？」

会計時にレストランのスタッフが聞いてきた。

「部屋？」

「ええ、プールでお疲れのお客様も多くいらっしゃいますので、一休みしていただこうと無料でご案内させていただいております」

ウエイターは丁寧に説明した。

「無料だって……」

美雫を見ると草太の服の袖を握ったまま、顔を赤くして視線を外している。

その表情はいやがっているようには見えなかった。

「すいません。お願いします」

草太が言うと、美雫はもう顔を真っ赤にして下を向いた。

ホテルが用意してくれた部屋に向かっている間中、美雫は草太の手を握りしめたまま、一言も口を開かなかった。

部屋はどう気を利《き》かせたのか、大きなダブルベッドが一つだけ置かれている。それを見た瞬間、今度は二人で真っ赤になった。

「絶対覗いちゃ駄目だよ、絶対だよ」

草太が先にシャワーを浴び、今は美雫が身体を洗っている。

(美雫を抱いてしまっていいのだろうか……)

腰にバスタオル一枚を巻いてベッドに腰を下ろした草太は一人悩んでいた。

立て続けに三人の女と関係を持つような汚れた男が、美雫のような純真な娘を抱く資格があるのかと、草太は自問していた。

しかし、他の女たちの時とは自分の中から湧き上がる感情が明らかに違っている。

草太自身もよくわからないが、肉体的な欲望よりも、美雫と少しでも一緒にいたいという感情が勝っているのだ。

「お待たせ……」

悩んでいる間に美雫がシャワーを終えて戻ってきた。

身体にはバスタオルを巻いているだけで、タオルの裾から伸びた白い脚が色っぽい。

「………」

美雫は何も言わず草太と並んでベッドに座る。

そして、シーツの上に置かれた草太の手の上に自分の手を重ねてきた。

二人は何も言葉を交わさず、ただ沈黙の時間が流れ続けた。

「ねえ、草ちゃん、私ね……」

重苦しい雰囲気をいやがるように、先に口を開いたのは美雫だった。

「東京に住んでてさ、時々思ってたんだ、この東京の空の下で草ちゃんも暮らしているのかなって」

美雫は照れ笑いを浮かべながら話す。

東京の大学に通っている美雫は、草太と同じ東京の住人だが、広い街で偶然出会う確率などないに等しい。

「でもまさか、こうして会える日が来ると思ってなかったから……」

隣で声を詰まらせた美雫を慌てて見ると、大きな瞳から涙が一筋二筋とこぼれ落ちていた。

「ごめんね、泣くつもりなかったのに」

美雫は恥ずかしそうに指で涙を拭った。

「美雫っ」

「きゃっ」

草太はもうたまらなくなって美雫を力いっぱい抱きしめた。

愛しくて愛しくて、もう我慢することが出来なかった。

「好きだよ……美雫」

華奢な身体をしっかりと抱きしめ、草太は唇を重ねていく。

「私も……大好きだよ、草ちゃん」

美雫も顔を上げ、二人は唇を重ね合う。

「ん……んん」

今度は唇を重ねただけでなく舌を入れて絡ませていく。美雫は草太に全てを委《ゆだ》ねるように舌を出してきた。

「ん……んく……んん」

草太はもう無我夢中で舌を絡ませ続ける。舌につく美雫の唾液も、触れあう肌から伝わってくる体温も全てが心地良い。

「くう……んんく」

あまりキスに馴れていないのか、美雫はたどたどしい動きで草太の情熱に応え続けている。

息苦しそうに鼻を鳴らすたびにバスタオルの下の乳房がブルブルと揺れた。

「んん、は……はあはあ……大丈夫か、美雫」

かなりの長い時間、吸い合った後、ようやく唇を離す。

あまりにも強くしすぎたのではないかと草太は心配になった。

「大丈夫よ……」

美雫はようやく笑みを見せて言った。

「ごめんな……」

「やだもう……いちいち謝らないで、私だって子供じゃないのよ」

美雫はそう言ってぎゅっとしがみついてくる。胸の上で柔らかい乳房がつぶれる感触があった。

「ねえ、草ちゃん……私……初めてなんだ」

草太の胸に顔を埋めたまま、美雫は消え入りそうな声で呟いた。

「初めてが、俺なんかでいいのか？」

自分のような人間が汚れていない身体を貫いていいものかと、草太には迷いがあった。

「違う……草ちゃんがいいの」

美雫は折れそうなほど細い腕で草太の背中を抱きしめてくる。

「うん……ありがとう……」

小刻みに震える小さな肩をしっかり抱いて、ベッドの上に倒していく。

そして上唇のめくれた瑞々《みずみず》しい唇に何度もキスをする。

「草ちゃん、あ……」

ベッドに横たわったバスタオル一枚の美雫の上に覆《おお》い被《かぶ》さり、真っ白な首筋に唇をあてると、上体がぴくりと跳ねる。

触《ふ》れられる事になれていないのだろう、初々《ういうい》しい反応だ。

「あん……くう」

重なり合っている間も美雫は草太の手を握って離さない。

声を聞かれるのが恥ずかしいのだろう、唇を懸命に閉じてこらえている。

「外すよ……タオル」

「や……」

草太は美雫の緊張をほぐすように声をかけながら、バスタオルの胸の部分に指をかけて下にずらした。

「ああ……恥ずかしい、草ちゃん」

ホテルの部屋の窓から差し込む陽光に、美しい乳房が浮かび上がった。

大きさはEカップだと言っていた翔子よりもやや小ぶりといったところだろうか。

それでも充分に量感があり、仰向《あおむ》けに寝ていてもお椀形に綺麗に盛り上がっている。

特に目を引くのは乳頭部の美しさで、薄いピンク色をした乳輪の上に、小粒な乳首がたたずんでいた。

「美雫のおっぱい、すごくきれいだね」

そっと手を伸ばして乳房に指を当てると、滑《なめ》らかな肌が指を弾く。さらに手のひらでゆっくりと揉むと、柔らかく形を変えて受け止めてくる。

「大きいのに、形もきれいで最高だよ」

「あ……やん、じっくり見ないでよう、やだあ」

むずがって美雫が身体をよじらせると、柔肉がプルンと弾けるように波打った。

「恥ずかしがる必要ないよ、乳首だって可愛いし」

薄桃色の先端に口づけして、優しく舌で転がしていく。

「あ、だめ……そんなこと、ああんっ」

腰をくねらせ、美雫は耐えかねたように甘い声をあげた。

「草ちゃん、変な声出ちゃう。恥ずかしいよう」

「いいよ、いっぱい声出して」

徐々に固くなってきた乳首を、今度は唇で甘噛みしながら吸い上げていく。

「ひあ、ああん、お願い、ああん、エッチになっちゃうから、ああん」

美雫はもうたまらないといった風に、甲高い嬌声をあげながら、身体をよじらせ続ける。

身体に巻かれていたバスタオルがはだけてしまい、脂肪のほとんど無い白い腹部が覗いていた。

「男はみんな、美雫みたいな可愛い娘のエッチな声を聞きたいんだぜ」

「ああん、嘘よ、草ちゃんの、いじわるううう」

舌を伸ばして乳頭をベロベロとなめ回すと、美雫は羞恥に半泣きになって、艶めかしく身体を震わせる。

「ほんとだよ、エッチな美雫は最高にかわいいさ」

草太は乳首を唇で挟んで、力一杯吸い上げた。

「あああ、あくう、だめええ、あああんん」

美雫は敏感に反応し、背中を大きくのけぞらせて悲鳴に近い声をあげた。

「もう、もう、ひどい、草ちゃん」

ついに耐えかねたのか、草太の腕にしがみついてしまう。

「はは、ごめんよ。美雫があんまりかわいいから」

「ばか、草ちゃんのばかあ」

ぐりぐりと真っ赤になった顔を擦りつけて、そのまま黙り込んでしまった。

「うん、馬鹿だから、美雫との約束も忘れてたんだよ」

美雫の頬にキスをしながら、耳元で囁《ささや》く。

「なんで今、そんなこと言うのよ」

恥ずかしさにピンクになっている頬がぷぅと膨らんだ。

「美雫……いいか？」

はだけたバスタオルがかろうじて覆っている下半身を見て、草太は言った。

「うん……でもあんまり見ちゃ、いやだよ」

美雫は震える声で言ってから、覚悟を決めたように目を閉じた。

「いくよ……」

草太はゆっくりとバスタオルを剝がしていく。

「ああ、ほんとに恥ずかしい……」

小さなうめき声と共に、美雫のすべてが露わになる。

驚くほどくびれたウエストから、腰回りにかけて美しい曲線が描かれ、ほっそりとした太腿や引き締まった足首に至るまで色が真っ白で、染みなど一つもない。

股間の部分を覆っているはずの陰毛はやけに薄く、地肌が透けて見えていた。

(本当に初めてなんだ……)

ぴったりと閉じあわされた二本の太腿が小刻みに震えている。草太はそっと手を入れて脚を開かせ、指を裂け目にあてがっていった。

「あ、あああん、そこは、はあああん」

指先がクリトリスに触れると、美雫の背中が大きくのけぞる。

処女であっても肉芽は敏感なようで、声色は明らかに快感の音色《ねいろ》を含んでいた。

「ああ、だめ、そんな風にしたら、ああん、いっぱい声出ちゃう、ああん」

指で円を描くようにクリトリスを責めると、美雫はさっきまでこらえていたのが嘘のように大声で喘ぎだした。

(けっこう敏感なんだな)

乳首の時といい、今といい、美雫は刺激に対してあまりに反応が良く、初心《うぶ》な性感は完全に燃え上がっているように見えた。

「あああ、恥ずかしい。ああん、いやあ」

本人はそんな自分に戸惑っているようで、全身を真っ赤に染めて、すらりとした両脚をよじらせている。

「恥ずかしくないさ、もっと感じていいんだよ、美雫」

草太は力が緩んできた白い両脚を開かせると、その付け根に顔を埋めていく。

「ひあ、だめ、草ちゃん何してるの、だめ、あああ」

引きつった声をあげる美雫に構わず、草太はぴったりと閉じ合わさる処女の花弁を舌でなぞっていった。

「くうう、だめ、お願いっ。そんなところ汚い、あああ」

秘裂は男を拒絶するかのように固く閉じている。優しく開かせるように舌を入れると、美雫の泣き声が激しくなった。

「汚い？　美雫の身体に汚いところなんてないよ」

草太はその言葉を証明するため、さらに下に口を持っていく。そこには小さくすぼまったセピア色のアヌスがあった。

「こんなところまで可愛らしいんだね、美雫は……」

ヒクヒクと微妙な収縮を繰り返す肛肉を、舌先で丁寧に舐めていく。

「ひゃ、ひあああん、何してるの、そこ違う、あ、あああ、だめえ」

美雫は大きな目をさらに大きく見開いて狼狽えている。

白い内腿が何度も痙攣し、部屋中に悲鳴がこだました。

「身体中、ぜんぶ敏感だね……」

ようやくアヌスから舌を引き上げて、草太は顔を上げる。美雫が感じていたことは声色でわかっていた。

「いやあん、ひどい……」

美雫は恥ずかしさのあまりか、もう半べそをかいている。アヒル口をへの字にして、目を潤ませる姿が可愛らしい。

「じゃあ、次はこっちも」

また元に戻って、舌先でクリトリスを責める。

「ああ、そこも駄目、はああん」

肉芽の敏感さは突出しているようで、舐めるたびに腰が震えている。

「ひあ、ああ、はあん、だめえ」

白い両脚が空中でゆらゆらと揺れ、上体が引きつるたびにお椀形の乳房が弾けるように揺れた。

(すごく、濡れてきた)

快感に翻弄《ほんろう》されている美雫は余裕がないのだろう、花弁を開いて、中の媚肉を剝き出しにしても何も言わない。

開かれたピンク色の秘裂は膣肉が固そうで、まさに処女といった感じだったが、入口からは透明の愛液が溢れ出ていた。

「もっと感じていいよ、美雫」

草太はさらに美雫を感じさせようと、クリトリスを唇で挟んでチュウチュウと吸い上げていく。

「あああ、草ちゃあああん、あああ、私、おかしくなるうう」

もうたまらないといった表情で美雫が叫んだ。

「いいよ、おかしくなって。美雫がおかしくなるところを見せてよ」

草太は一気に追い上げようと、舌を使って肉芽をこれでもかと責める。

「ああん、怖い、あああ、でも、もう駄目っ、あっ、あああああ！」

美雫は下半身を激しく痙攣させると、絶叫に近い叫び声をあげてのけぞった。

「ああああ、なにこれ、あああんん、ああああああっ」

狼狽えた表情を見せながらも、美雫はエクスタシーに全身を震わせ続けた。

「ああ、あああ……はあ……あ……」

おそらくは生まれて初めての絶頂だったのだろう、身体の痙攣が引いていった後も美雫は虚ろな表情で天井を見ている。

「大丈夫か、美雫……」

一糸まとわぬ裸体を横たえて呆然としている美雫を抱き上げた。

「草ちゃんの馬鹿……本当に怖かったんだからね」

美雫は涙声になって、草太にしがみついてきた。

「そうか……じゃあ今日はもうやめるか？」

華奢な身体をしっかりと抱きしめたまま、草太は言った。

「ううん、いいよ、最後まで……。草ちゃんがいやじゃなかったらだけど」

美雫は草太の胸から顔を上げると少しはにかんだように言う。涙に濡れた大きな瞳で見つめられると、それだけで草太は胸が高鳴ってしまう。

「今度は、私が草ちゃんにしてあげる」

身体を起こすと美雫は明るく言った。

「いいよ、したことないんだろ」

「いいの、私がしたいんだから。ほら座って」

草太がベッドに胡座《あぐら》をかいて座ると、美雫は身体を折り、逸物《いちもつ》の前に顔を埋めてくる。

「へたくそだけど、許してね」

「そんなこと……気にするなよ」

こんな可愛らしい唇で肉棒をしゃぶってもらえるのに、細かいことを言う男がいるものかと草太は思った。

草太の肉棒はその意思を表すかのように、何もされないうちから、はち切れそうなほどに勃起していた。

「大きいんだね……男の人のって……」

初めて見る硬直した怒張に目を白黒させながら、美雫は舌を伸ばしてくる。

「ん……ん……」

たどたどしい動きながらも、丁寧に亀頭周辺を舐めていく。

「ああ……気持ちいいよ……美雫」

敏感な部分を舐められ、草太は声をうわずらせてしまう。

「うそ、へたくそでしょ、私」

舌先でチロチロと裏筋を舐めながら美雫は見つめてきた。

「そんな事ないよ、愛情が入ってて最高だよ」

美雫の舌が肉棒に触れているというだけで、草太は興奮を抑えきれなかった。

「ああ……美雫……このままじゃ出ちゃうよ。もういいか？」

「あ……うん……」

美雫は肉棒から顔を上げて恥ずかしげに頷いた。

白く小さい手を握り、大きな瞳をしっかりと見つめて言った。

「怖くないか？」

「怖いけど……草ちゃんとなら平気……」

美雫は手を強く握り返して笑顔を見せた。

「うん……でも無理だったらいつでも言えよ」

草太はゆっくりとベッドの上に美雫の身体を倒していく。

肌が触れると、美雫の身体が緊張で震えているのがわかった。

「美雫……」

少しでもリラックスさせようと、草太は唇を重ねて舌を入れていく。美雫もそっと舌をさしだして絡ませてくる。

「ゆっくり……入れるから」

しなやかな両脚を抱え上げ、正常位で挿入体勢に入る。美雫は怯えた表情を見せながらも身体の力を抜いて身を任せてきた。

「あ……くっ……」

固い媚肉を割って肉棒が沈み始めると、美雫は辛そうに声をあげた。

草太の逸物のサイズが大きいせいか、かなりの痛みを感じているようで、額は汗だくになっている。

「ああ、痛っ、くう」

さらに肉棒が進むと、白い歯を食いしばって美雫は喘ぐ。手でシーツを握りしめ、開かれた脚が引きつっている。

「大丈夫か……」

「うん……これくらい平気だよ」

無理をして微笑む美雫を見つめながら腰を進めていくと、膣内でザラザラした感触があった。

「わかるか？　美雫」

「うん」

引っかかりはまだ男を知らないヒダヒダで、美雫の純潔を守ってきた膣道の証《あかし》だ。

「いくよ……」

美雫はもう何も言わず覚悟したように目を閉じた。草太も腹をくくり、腰を前へと押し出した。

「くうう、痛いっ、あああああ」

破瓜《はか》の痛みはやはり強烈なようで、全身を震わせながら美雫は苦悶の喘ぎをあげている。

「もう少しだから……」

「ひう……くはあああ」

途中でやめてはかえって苦痛を与えてしまうと、草太は肉棒を一気に押し出していく。

ぐいぐいとまだ固い膣肉をかきわけ、怒張はようやく根元まで収まった。

「はあはあ、全部入ったよ……美雫」

「うん、草ちゃんので、私の中がいっぱいになってる」

二人は汗でびっしょりになった顔で見つめ合った。

「痛くないか？」

「うん、大丈夫。だから気持ち良くなって草ちゃん、その方が私も嬉しいから」

痛みがなくなっているなどありえないのに、健気《けなげ》に笑ってみせる美雫の気持ちに、草太は胸が熱くなる。

「美雫……お前……」

この思いに応えるには最後までいくしかないと、意を決して動き始めた。

「ああ、くうう、あああっ」

前後運動を開始すると、美雫は唇を震わせて喘ぎだす。

「あああ、くうう、あ、あああっ、草ちゃん」

草太の名を叫びながら美雫は必死でしがみついてくる。

豊かな乳房が草太の胸板に押しつけられ、歪んで形を変えた。

（せまい……）

処女ゆえの締めつけだろうか、膣内は異様に狭く、万力のように肉棒を締めあげてくる。

愛液は充分に出て潤《うるお》っているのに、膣内のヒダの一つ一つが感じられるほどだった。

「あああ、んん、草ちゃん、気持ちいい？　あああ」

「いいよ、美雫の中すごく……気持ちいいよ」

美雫に言われるまでもなく、草太は声が出てしまうほどの快感を味わっていた。

膣肉が竿や亀頭を隙間なく締めつけ、腰を動かすたびに甘い痺れが背骨を駆け上っていくのだ。

「ああ、草ちゃん。ああっ、はああ」

苦痛も少しは落ち着いてきたようだが、それでも草太を抱きしめる腕には強い力がこもっている。

「ううう、美雫、俺、もう出そうだ……」

あまりに強い膣肉の締めつけに、草太の肉棒はあっという間に限界を迎えた。もう根元がぴりぴり痺れて、今にも爆発しそうだ。

自分でも驚く早さだったが、身も心も昂ぶりすぎていて抑えが利《き》かない。

「美雫、外で出すからな」

草太は最後とばかりに肉棒を強く突き立てた。

「あっ、あああっ、草ちゃん、ああっ、んん!」

美雫は大きく喘いで背中をのけぞらせる。形の良い張りのある乳房がこれでもかと大きく弾けて揺れた。

「もうだめだ、イクっ」

慌てて美雫の中から逸物を引き抜くと、真っ白な腹部に向かって射精する。

「うう、出る」

精液の迸りは激しく、ねっとりとした白濁液が何度も飛び出していく。

「ううう、はああ」

驚いた顔で見つめる美雫の下腹部からみぞおちの周りまでをドロドロにして、やっと止まった。

「草ちゃんの精液……すごく熱い」

仰向けに寝たまま美雫は、うっとりとした目で白い粘液を見つめている。

「ごめんな、すぐ拭くから」

草太はベッドの横にあるティッシュに手を伸ばそうとする。

「待って、しばらくこのままにしておいて。草ちゃんの熱さを感じてたいの」

お腹の上の精液を愛おしそうに見つめて美雫は微笑んだ。

「何でだよ、精液なんか、気持ち悪いだろ」

「いいじゃない、私の好きにさせてよ」

「馬鹿だな、お前は」

草太は苦笑しながら唇を重ねていく。

「いいよ、馬鹿でも」

美雫もそれに応え、二人は飽きるまでずっとキスを続けた。

第五章　湯船の中の黒下着

美雫《みしず》と身体を合わせた日から二週間が経《た》っていた。

写真の方はかなりの出来で、モデルが良かったおかげか、どこへ出してもおかしくないと思える写真だった。

(美雫のおかげかな……)

写真に対する自信をすっかり失っていた草太だったが、また写真を撮《と》りたいと思うようになっていた。

そんな草太の携帯電話に一通のメールが来た。

相手はカメラの師匠で、草太がカメラの仕事をしていないと聞き、『とにかく、最近撮った写真を送れ、見てやるから』という内容だった。

草太は、色々考えるところがあって旅館で働いていると断った上で、最近の写真として、美雫を撮った物を送った。

師匠が心配してくれているのが嬉しかったし、元気でカメラも持ってますという意味を込めたつもりだった。

師匠からの返事は特になく、草太も今度電話で評価を聞かせてもらおう程度に考えて、旅館の仕事に励《はげ》んでいた。

そんなある日、草太は受付に呼ばれた。宿泊客の一人が、草太を訪ねて来たのだという。

急いで受付に行くと、年の頃は三十歳くらいの、見たこともない女性が立っていた。

地味目な化粧ながら、目鼻立ちのはっきりした美女で、ウエーブのかかったロングヘアーが妙齢の女の美しさを引き立てている。

白いスーツを着こなし、背筋をピンと伸ばして立つ姿は、しっかりしたキャリアウーマンの雰囲気を醸《かも》し出していた。

「あなたが加藤草太さん？」

旅館の法被を着ている草太を見て気がついたのか、向こうから先に声をかけてきた。

「はい、私ですが……お客様は」

草太がそう言い終わる前に、女性は自分のバッグから名刺を差し出した。

「月刊『ＲＲ』の副編集長さん……」

『ＲＲ』と言えば実話系の雑誌で、アイドルや政治経済までいろいろごちゃ混ぜだが、けっこう名前は知られている。

そして、肩書きの隣には『工藤紗英《くどうさえ》』と名前が書かれていた。

「今日はお仕事のお話でまいりました」

紗英ははっきりとした調子で言った。

仕事の話といっても、紗英は宿泊客でもあるため立ち話というわけにもいかず、帳場の奥にある応接室に通ってもらった。

「粗茶《そちゃ》ですが」

和香がソファーに座る紗英の前に湯呑みを置いた。

紗英の希望で、女将《おかみ》である和香と番頭も同席している。

「こちらに泊まりがけで来ましたのは、この企画の撮影場所探しを兼ねてなのです」

バッグを開いた紗英は一枚の紙をテーブルに置いた。それには『美女と温泉』というタイトルが書かれている。

「企画意図は、グラビアアイドルや若手女優さんの水着グラビアを、温泉で撮影しようというものです」

紗英は用紙を見ていない和香や番頭にもわかるように説明する。

「イメージとしては、純和風のお風呂でちょっとミステリアスな雰囲気のあるグラビアに仕上げたいと思っています」

紗英はてきぱきと説明していく。

「その撮影を加藤さんにお願いできないかと思いまして……」

「僕がグラビアですか？　ほとんどスポーツの撮影しかやってませんよ」

草太は驚きに目を丸くする。グラビアの仕事など、弟子時代に、独立した兄弟子の手伝いをしたぐらいしか経験がない。

もちろん、実際にシャッターを切った経験など皆無だ。

「実はあなたの先生に黄色い水着のモデルさんの写真を見せていただきまして、この方にお願いしようと思ったのです」

「先生があの写真を……」

「はい……ウチの編集長のところに、良い写真をとるカメラマンがいるから、と写真を持って見えられまして、私もその写真を見て、加藤さんにお願いしようと思ったのです」

話の途中なのに、草太はもう泣きそうだった。

仕事のなくなった草太のために、師匠はわざわざ頭を下げて、いろんなところに売り込んでくれたのだ。

いい人たちに囲まれて、ずっとM温泉にいるのもいいかななどと考えていた自分が恥ずかしくなった。

「それともう一つ、この旅館のパンフレットを拝見しまして、檜《ひのき》造りのお風呂を撮影に使わせていただけないかと思いまして……」

「ウチの大浴場をですか？　それは本にウチの旅館の名前も出るのですか」

途中で口を挟んできたのは番頭だった。やけに目が輝いている。

「ええ、そちらに不都合がなければご紹介することは可能ですが……」

「それはいい。宣伝になるし、ぜひやりたいですね」

草太も和香も無視して、番頭はもうやる気になっている。

「加藤さんはどうですか？　撮っていただけますか？」

番頭のあまりの勢いに紗英は苦笑しながら草太に聞いてきた。

「はい、やらせていただきます！」

師匠の思いを踏みにじる訳にはいかないと、草太は力強く返事を返す。

「女将さんは……」

やけに乗り気の番頭は無視して、紗英は和香を見る。

「私は他のお客様に迷惑がかからないのなら、異存はありません」

和香も反対はしなかった。

「第一回が好評なら二回目、三回目と続けていこうと考えておりますので、良い物にしましょう」

ソファーから立ち上がった紗英が差し出した手を、草太はしっかりと握りかえした。

紗英の夕食が終わってから、草太は打ち合わせのために紗英の部屋を訪れた。

すでに入浴を済ませて浴衣《ゆかた》に着替えた紗英は、ほんのり石けんの香りがして大人の色香を感じさせた。

「他のお客様が入浴していない時間となると、撮影は二十三時から朝の七時の間になりますね」

「早朝は大丈夫なの？」

「掃除の時間を繰り上げれば問題ないと……あとは、お客様が全員チェックアウトしてから二時くらいまでの間ですね」

二人は撮影に向けての打ち合わせをしていた。

とりあえず本番はさておき、東京にいる編集長に撮影場所を説明するため、明日の早朝の時間帯を利用して大浴場の撮影をしようということになった。

「浴室の写真だけじゃイメージが摑みづらいかもね……」

紗英は真剣なまなざしで、番頭から借りてきた大浴場の見取り図を見ている。

「この前のプールの写真の女の子、あなたの恋人……？」

「え、まあ……はい……」

仕事が忙しくて、美雫とはあの日以来会っていないが、メールや電話はまめにしていた。

「あの子に頼めないかな……その辺のグラドルより顔もスタイルもいいし」

「無理だと思いますよ。プライベートの写真だから撮らせてくれたんだし、元々、人前に出るような性格じゃないもので」

なにをどう説得しても美雫がそんな撮影を承諾するとは思えない。師匠に写真を送ったことも、バレたらえらいことになりそうだ。

「そうか……うーん」

紗英は困った様子で腕を組んで黙り込んでしまった。

「えっと、工藤さんがモデルっていうのは駄目ですか……」

草太は思い切って聞いてみた。

会った時から、美人だということは感じていたが、浴衣を着て、濡れた髪をアップにした姿を見るとかなりの色気を感じさせる。

少し古めいた木の浴場と、紗英の大人の雰囲気が合わされればかなりの画《え》が撮れるような気がしていた。

「わ、私が？　何言ってるの、だめだめ、企画がだめになっちゃうよ」

草太の提案に紗英は顔を真っ赤にして、両腕をばたつかせている。

もっと男っぽい女かと思っていたが、照れる姿は意外に可愛らしかった。

「いやあ、そんなことないですよ。きれいだし、それにスタイルもいい。グラビアのカメラマンにモデルを頼まれたこととかないですか？」

「ないよ、私なんんか、誰が撮りたいって思うのよ」

紗英は狼狽《うろた》えた様子で否定するが、一方で本気で嫌がっているという雰囲気でもなかった。

（もう一押しかな……）

押せば何とかなるかも知れないと草太は思った。別にヌードを撮ろうというわけではないのだ。

「だって私はもうおばさんだし」

「とんでもない、可愛いしスタイルだって抜群じゃないですか」

よく見ればバストも大きく、ヒップも見事に膨らんでいる。

手足をばたつかせるたびに、浴衣の裾《すそ》から覗く膝小僧もつるつるとしていて、瑞々しかった。

「水着も持ってきてないし」

「だってテストでしょ。下着の上からバスタオルを巻いていれば大丈夫ですよ」

草太は畳《たた》みかけるように言う。

「だって……恥ずかしいし……」

これが本音だろう。スーツで武装して隠しているが、この姿が紗英の本質かも知れない。

「工藤さんが思い切ってやってくれたら、この企画は絶対に成功しますよ」

「ああん、わかったわよう、やればいいんでしょう、もう」

赤い顔で頬を膨らませる紗英の姿はやけに女っぽく、これならきっと良い写真が撮れると草太は確信した。


撮影は早朝、夜明けと同時に大浴場を使っておこなう事になった。

ちょうど東向きに格子戸があり、そこから差し込む朝日が湯面に反射して、天然のレフ板の役割を果たしてくれるはずだ。

草太は上はTシャツ、下は海パン姿でカメラのセッティングを済ませ、紗英の着替えを待っていた。

今日は、美雫の写真を撮ったときのコンパクトカメラとは違い、一眼レフの本格的な機材を揃えていた。

「お待たせ……」

しばらくすると、脱衣所の扉が開いて紗英が入ってきた。

バスタオルを胸の下から太腿《ふともも》の辺りに巻いて、恥ずかしそうに下を向いている。

裾から伸びる太腿はムチムチと肉が乗っているのに、ふくらはぎはけっこう締まっていて、染みなど一つもなかった。

（意外にエッチな身体をしてるよな）

ウエスト周《まわ》りはかなりくびれているのに乳房は豊かで、バスタオルで隠しきれない乳肉が上にはみ出し、見事な谷間を作っている。

そして紗英の身体で何より魅力的なのは見事に実ったヒップで、大きな尻たぶがバスタオルを持ち上げていた。

「何から始めればいいかしら……」

バスタオルをしっかりと押さえて紗英は顔を上げた。

髪の毛は昨夜と同じようにアップでまとめられているが、ピンは使わずにきれいにセットされている。

テストとはいえ、撮られることに対する女心《おんなごころ》だろう。

「じゃあ、そこに座って下さい」

檜で出来た湯船の縁《ふち》を草太が指さすと、紗英は膝から下だけを湯船に浸《ひた》して座った。

「こっちに目線を下さい」

「はい……」

紗英はもう覚悟を決めたのか、恥ずかしがることもなく、カメラを見つめてきた。

「いいです。その顔もらいます」

草太は紗英のいい表情を逃がさないように、必死でシャッターを切っていった。

(どんどん、いい顔になってきた)

フラッシュを浴びるたびに紗英の顔つきがどんどん変化していく。

切れ長の雰囲気のある瞳は潤んで妖しく輝き、形の整った唇が半開きになって、甘い吐息をふりまいていた。

「次は肩まで浸《つ》かって脚を伸ばして下さい」

乗ってきた紗英に悩んだりする時間を与えないように、草太は素早く次の指示を出す。

「うん……」

やけに色っぽい声を出して、紗英は湯船に身体を沈めていった。

(黒か……これなら気にしなくていいな)

白いバスタオルが濡れると、下から黒い下着が透けて浮き上がってくる。ブラジャーは肩紐のないタイプで、パンティも同じく黒だ。

気にしなくていいと思ったのは、黒の方が乳首や陰毛が透《す》けなくていいという意味だ。

いくら紗英がプロ根性に徹しても、そんなところまで同僚に見られるのは辛いだろうからだ。

「もう少し、身体ごとこっちに向けて下さい」

「こう？」

湯船の中で紗英は身体をひねってカメラの方を向いた。

心なしかさっきよりも目つきが妖しくなっているように見えた。

「それです、じっと目をそらさないで」

言われるままに紗英は色っぽい目でカメラを見続ける。

いつしか草太も興奮してきて、息を荒くしながら紗英を追い続けていた。

「あ……タオルがめくれてます……直しますか」

身体に巻かれているバスタオルの裾が上がって、黒いパンティが覗いていた。

「ん……直した方がいいかしら」

紗英は湯船で身体を伸ばしたまま気怠《けだる》そうに言った。

「いえ……その方がセクシーですよ」

「そう……じゃあこのままで……いいわ」

紗英は半開きのままの唇でため息混じりに言うと、タオルに触らずにレンズを見つめてきた。

ていた。

（酔ってるな、工藤さん）

草太は紗英が撮影されることに、喜びを感じるタイプの女性であることに気がつ

い

グラビア専門のカメラマンをしている知り合いに聞いたことがあったが、撮られてている最中にだんだん興奮してきて、時に快感すら感じる女がいるというのだ。

まさに紗英はそのタイプのようで、撮れば撮るほど、身体を晒せば晒すほど瞳が妖

しく輝き、息づかいも荒くなっている。

今の紗英はシャッターの音にすら興奮を覚えているはずだ。

「工藤さん……バスタオルを外してみませんか」

このチャンスを逃がすまいと、草太は思い切って声をかけた。

「え……でも、この下って下着だもの……恥ずかしいわ」

さすがに紗英は躊躇《ちゅうちょ》した顔を見せる。

「でも、脱いだ方がいい写真が撮れるの……？」

しかし、すぐにセクシーな瞳を向けて草太に言った。

その言葉が草太には、紗英が自分が脱ぐことに対する言い訳を探しているように聞

こえた。

「ええ、もちろんですよ」

「そう……」

草太がすかさず返事を返すと、紗英はバスタオルの結び目を解《ほど》いていく。

「あ、脱ぐなら、立ち上がってからお願いします」

「こうかしら……」

紗英はゆっくりと立ち上がり、バスタオルを下に落としていく。

濡れたタオルの下から、まずは黒のブラジャーに覆われた乳房が現れ、続いてよく引き締まったへその周りが現れる。

そして、最後に黒いパンティに守られた股間が見えた。

「そのまま、タオル握ってこちらを見て……そうです」

草太は声を大きくしながら、湯船に流れていこうとするバスタオルを握りしめて艶《なま》めかしい顔を見せる美女の姿を夢中で撮り続ける。

ハーフカップのブラジャーの上から、柔らかそうな巨乳が半分顔を出し、ムッチリとした腰に細めのパンティが食い込んでいる。

(ヌードになったわけでもないのに、なんてエロいんだ)

紗英の熟した色気には草太もあらがえず、いつの間にか息が上がっていた。

「じゃあ、今度は洗い場に座って下さい」

草太はタイルが敷かれた洗い場を指さし、カメラを構える。

「はい……」

紗英はこくりと頷くと、湯面に浮かんだバスタオルは置いたまま、湯船から出る。

この姿も逃がすまいと草太は、回り込んで紗英の後ろ姿にフラッシュを浴びせた。

（お尻美人だな……）

前から見る姿やバストも充分にセクシーだが、後ろから見る紗英のヒップは特に艶めかしい。

歳は三十を超えているはずなのに、尻たぶがきゅっと上に上がっていて瑞々《みずみず》しささえ感じさせる。

反面、肌質がねっとりとしていて、熟した女の香りも発散しているのだ。

「これでいいかな……」

お尻に見とれる草太をよそに、紗英はタイルの上に横座りになる。

「いいです。そのまま」

草太は正面から何枚か撮った後、紗英の横に回り込んでお尻の方から撮影していく。

「もう、やだあ、お尻ばっかり……」

一応嫌がるそぶりを見せて苦笑いをするが、身体は動かそうとはしない。

「いいお尻ですよ。素晴らしいです」

草太は褒《ほ》めちぎりながらシャッターを押す、女性を撮るときは褒めるのが基本だ。

「いやん、エッチね」

さらに興奮してきたのか、紗英は横座りに折りたたまれた両脚をずらして、尻を見せつけるようにしながら、うっとりしている。

もちろん草太は、蕩けきった表情も含めて全てをカメラに収めていった。

「なんか、熱くてのぼせてきちゃった」

濡れた黒下着が張り付いた身体をくねらせて、紗英は訴えてきた。

湯あたりというよりは身体の興奮で力が入らなくなっている様子だ。

「じゃあ、最後のカットいきます。そのまま寝て下さい。そうです」

紗英はゆっくりと身体を倒していき、タイルの床に横向きに寝る。

「ああ……」

唇を半開きにして軽く喘いだ紗英の肢体を、余すところなく草太は写し続けた。

興奮の撮影が終わり、草太は番頭に報告して機材を片付けてから、紗英の部屋に向かった。

カメラの中の撮影データを、紗英が持ってきたノートパソコンにコピーするためだ。

「失礼します……」

急いでいたため防水カバーを外した一眼レフをそのまま持ってきていた。

「ありがとう……おつかれさま……」

畳敷きの部屋に座る紗英は、すでに浴衣に着替えている。

髪の毛はまだアップにしたままで、温泉の熱が引いていないのだろうか、額には汗が浮かんでいた。

(まだ……ちょっと様子が変だな……)

ノートパソコンを操作している紗英を見ると、妙にぼんやりとしている。

「カードもらえるかな……」

しゃべりかたもどこか切なげで、初対面の時のキャリアウーマン風の切れ味はどこにも感じられなかった。

「いい感じに撮れてますね……」

データの移動が終わり、ノートパソコンの大きな画面で出来上がりを見た草太は思わず自画自賛してしまった。

画面の中で妖しく瞳を輝かせ唇をぼんやりと開いてレンズを見る紗英は、とても素人とは思えないほど色っぽい。

さらに素晴らしいボディがその色香を引き立てていて、大浴場の雰囲気を知るための資料写真とは思えないレベルだ。

「やだ……私……こんなにエッチな顔……」

画面の中の自分を見て紗英は驚きの顔を見せる。

二人で横に並び、身体を寄せ合うようにして画面を見ているため、紗英の興奮した息づかいが伝わってきた。

(自分の恥ずかしい姿を見て興奮してるみたいだ)

画面はいつの間にか、黒い下着姿の写真に切り替わっていたが、草太はそっちのけで目の前にいる紗英に見とれていた。

(露出症の気《け》があるのかな……)

自らのセクシーな姿を見つめる紗英から、女の甘い香りが伝わってくる。

大浴場の時と同じように瞳は潤み、口元は男を誘うように半開きのまま切ない吐息を出し続けていた。

(ノーブラだ……)

少し下に目をやると、浴衣越しに大きな乳房と乳頭の形が浮かんでいる。そしてその乳首は硬く勃起しているように見えた。

「ああ……恥ずかしい……こんな写真……みんなに見られるのね……」

困ったように両手で顔を隠して紗英は言うが、その恥ずかしさも含めて、楽しんでいるような声だ。

「工藤さん……ここで……もう少し写真を撮りませんか、浴衣のままで……」

草太は思い切って思いを口にした。

「え……ここで……？」

顔を上げた紗英は驚いた様子で草太を見た。

「ええ、ほら……お風呂だけじゃなくて……部屋で撮影することもあるかも知れませんし……資料があった方がいいかなと」

そんなことはもちろん言い訳で、本音は妖艶な紗英の姿をもっと撮りたいという思いからだった。

「あ……そうね……お部屋の資料も必要よね」

やはり紗英は拒否しなかった。おそらくは心よりも体が撮られることを望んでいるのだ。

「じゃあ、窓のところに腰掛けてもらえますか？」

「こう？」

紗英は広い作りの窓枠にちょこんと腰掛けて草太を見る。

「いいですよ、それで。じゃ次は横向きに座って片膝を立ててもらえますか？」

正面のカットを何枚か撮った後、草太は大胆に脚を上げるポーズを要求した。

「もう、恥ずかしい格好ばかりさせるのね」

少しむずかりながらも、強くは拒絶せず紗英は身体を横に向けて、左足だけを窓枠の上に乗せた。

右足は畳につけているため、左右の脚が前後に開いて、浴衣の裾がはだけてしまう。

「すごいセクシーですよ。工藤さん」

裾が大きくはだけてしまい、ムチムチとした両脚がほとんど付け根まで覗いてしまっている。

染み一つない美しい脛《すね》や、ねっとりとした太腿まで、草太は余すところなく捉えていった。

「じゃあ、恥ずかしいついでに、浴衣の前を少しはだけてもらっていいですか？」

脚のあとは上も撮りたいと思うのが人情だ。草太はあくまで明るくお願いしてみた。

「いいわよ……こう？」

意外にも紗英は恥ずかしがらずに自ら胸を大きく開く。

ノーブラの真っ白な胸元が見え、大きく膨らんだ乳房が顔を出す。浴衣で乳首は隠れているものの、下乳から谷間にかけて乳房のほとんどが覗いていた。

「はい、いいですよ、そのままこっちを見て下さい」

草太はまた夢中でシャッターを切り続ける。肝心なところは隠れてはいるが、それ以外はほとんど見えているため、かえっていやらしく映った。

（また、酔ってきてる……）

紗英の顔が風呂場の時と同じ表情になっていることに草太は気がついた。

セクシーに目を潤ませ、カメラをじっと見つめたまま、ピンクの唇をぼんやり開いて切ない呼吸を繰り返している。

フラッシュが光るたびに身体をくねらせ、何かを求めているように見えた。

「次は畳の上に横になって下さい」

草太は紗英の足元にある畳を指さす。

「うん……」

紗英は虚《うつ》ろな表情のまま、畳の上で横向きに寝ると、肘をついて身体を少し起こし、グラビアでよく使われる定番のポーズをとった。

はだけた浴衣の下でたわわな乳房が揺れ、危うく乳首が顔を出しそうになる。

「はい、そのまましばらく止まって下さい」

まばゆいフラッシュを何度も浴びせ、全てを写し取っていく。

紗英の表情もどんどん妖しくなり、草太は魅入られていった。

「ああ……手が痛くなっちゃった、このポーズ」

身体を起こしている体勢がしんどくなったのか、紗英は身体を仰向《あおむ》けに転がした。

その時、めくれていた浴衣の裾がはだけて、太腿の付け根までが露《あら》わになった。

「えええっ」

その姿を追い続けていた草太だったが、股間が覗いた瞬間、絶句して手を止めてしまった。

「は、穿いてないんですか？」

紗英の股間には何も着《つ》けられておらず、当然、開いた浴衣の間から黒い陰毛に覆われた股間が丸見えになっていた。

「え!?　やだ私、穿いてないの忘れてた」

弾《はじ》かれたように身体を起こすと、紗英は慌《あわ》てて両手で股間を隠した。

「撮った？」

股間を押さえて座り込んだまま、紗英は真っ赤になった顔を向けてくる。

「え、ええ……」

「ああ、いやだ、恥ずかしい」

もう紗英はたまらないといった風にうずくまってしまう。

「下着の替えがもう一枚ずつしかなくて、汗かいたら着替えられないから、着けてなかったの、ほんとよ」

赤く染まった顔を草太に向け、紗英はほとんど泣き顔になっている。その顔は凛々《りり》しい紗英とのギャップもあって、草太は心くすぐられた。

「でも、ほんとにセクシーでしたよ。いい写真が撮れました」

優しくフォローしながら、カメラの小さなモニターに映った紗英の写真を見せる。

「私……すごい顔してる……」

やや脚を開いて陰毛を晒《さら》し、仰向けに寝たままカメラを見つめている紗英の顔は、切れ長の瞳が赤く充血し、まるで一戦終えた後のような恍惚《こうこつ》とした表情をしている。

「でも今日一番いい顔してますよ。このままヌードを撮りたいくらいですよ」

草太は紗英を励《はげ》ますつもりで明るく言った。

「ヌード……」

その言葉を聞いた瞬間、紗英の表情が一変した。モニターの顔と同じ、淫らで艶めかしい表情になっている。

「私のヌードを撮りたい？」

「え……ええ、はい」

半分冗談で言った言葉に対する意外な切り返しに草太は目を丸くする。

「二人だけの……ここだけの話にしてくれる……？」

「は、はい、誰にも言いませんし、写真も外には出しません」

女のフェロモンをまき散らす、艶めかしい肢体の全てを撮影することが出来るなら、それだけでいい。

「データには細心の注意を払うし、会社に提出する写真のチョイスは工藤さんにお任せします、はい」

紗英が肉体を撮られたいという思いに支配されているように、草太もまたカメラマンとして撮りたいという思いを燃やしていた。

「それと、私だけ裸は恥ずかしいから、加藤君も脱いで……」

恥ずかしそうに上目遣いで見つめながら、紗英が微笑む。

「わかりました」

草太はいったんカメラを置いて服を脱いで裸になる。もともとTシャツに短パン姿だったので、あっという間に全裸になった。

股間の逸物《いちもつ》は紗英の色香にあてられてか、すでに硬く勃起していた。

「すごい、もうこんなに……」

天を突く怒張を見て紗英は目丸くしている。

「工藤さんが色っぽいからですよ。カメラマンとしては失格ですけどね」

「本当ね、ふふ、困ったカメラさんだわ」

紗英は苦笑しながらゆっくり立ち上がり、浴衣の帯を解いていく。

「約束だから、私も脱ぐわ……」

帯を足元に落とすと、浴衣の前が大きくはだけ、股間の黒い草むらが覗いた。

そして、浴衣は肩から抜かれると一気に下に滑り落ち、紗英はついに一糸まとわぬ姿になった。

「もうおばさんだから……恥ずかしいわ……」

乳房も股間も女の全てを晒し、紗英は恥ずかしそうに身を震わせている。

「とんでもない……とても綺麗ですよ……工藤さん」

もちろん言葉は本音だった。

ほどよく脂肪の乗った身体はとにかく肌がねっとりとしていて、撫で回してみたい衝動を起こさせる。

ようやく全てが晒された乳房はあまり垂れた印象もなく、大きいのに形よく盛り上がっている。

「それに……すごくエッチだ……」

滑らかにくびれたウエスト周りから、腰にかけて急激に膨らみ大きく張り出したヒップには見事に肉が乗っていた。

「やだ、お世辞ばっかり。おだてるの上手ね」

紗英は身体中を赤くして、膝と膝を擦《す》り合わせている。

「じゃあ、始めましょうか」

「うん」

カメラを向けるとまた紗英の表情が変わる。

撮られることには馴れていないはずなのに、まるでプロのモデルのように、雰囲気まで変わってしまう。

「撮りますよ」

「うん……ああ……」

改めて全裸の身体にレンズを向けると、紗英は眉間にしわをよせ、色っぽい声で喘いだ。

「んん、ああ、ヌードを撮られてるのね、私……」

紗英は、自分の中で何かが弾けてしまったのか、小さな声で呟きながら、目を潤ませている。

言葉を口にすることでもっと性感を燃やしているのだろう、自然と腰がくねり、その反動で巨乳がフルフルと波打っている。

「座ってみてください」

紗英は言われたとおりに畳に尻をつくが、恥ずかしいのか、体育座りで膝を抱えてしまった。

「脚を広げてみて下さい」

「ああ……ひどいことさせるのね……全部見えちゃうわ」

開脚と聞いて紗英は戸惑いの表情を見せるが、目はさらに妖しく輝いている。

「そうです。全部見えてしまいますから……だから工藤さんの出来る範囲でいいですよ」

草太はあえて、紗英に加減を委《ゆだ》ねると、自分はカメラを構えてじっと待つ事にした。

紗英がどこまで本気なのかこれでわかる。

「ああ、恥ずかしい……」

羞恥に震えながらも、紗英はどんどん脚を開いていき、肉付きの良い太腿が大きく開いていく。

両脚がM字に見えるまで開脚し、紗英の女肉の全てがカメラの前に晒された。

「後ろに手をついた方が楽ですよ」

「あ……うん……」

紗英はもう催眠術にかかったかのように両手を後ろに置き、脚を開いて股間を前に突き出す姿勢をとった。

(濡れている……)

ファインダーの向こうに見えるピンク色の秘裂は、何もされていないのに愛液が溢れ出し、シャッターが押されるたびに、ヌラヌラと淫靡《いんび》に輝いていた。

「ああっ、撮られてる、私の恥ずかしいところ、全部……っ」

それでも紗英は甘い吐息を吐き出しながら、自ら腰を突き出している。

もう草太は紗英が露出症であることに確信を持ち、自らも欲望をたぎらせていった。

「工藤さん……オマ×コが濡れていますよ」

わざと直接的な言葉を使って、草太は紗英の性感を煽《あお》ろうとする。

「ああ、ひどい、あああん、恥ずかしいこと、言っちゃいや」

卑猥な言葉を浴びせられても、紗英はむずかるだけで脚を閉じようとしない。それどころか媚肉を震わせて、愛液を垂れ流し続ける。

「撮りますよ、工藤さんの濡れてるオマ×コ」

「ああ、意地悪、あああん」

次々にフラッシュを浴びながら、紗英は身体を赤く染めて腰をよじらせる。つられて波打つ乳房の先端は硬く天を突いて勃起していた。

「またジュースが溢れてきた」

「あああん、言わないでええ、くうん」

言葉責めを受けると紗英は涙を流しながらよがり、じつに淫靡な表情を見せる。草太はその一瞬を逃さずにカメラに収めていった。

「工藤さんは撮られると欲情するんですね」

「あああん、ひどい変態みたいに言っちゃいや。ああ、でも身体が熱いの止まらないのよう、あああん」

紗英は頭を激しく横に振って泣き叫ぶ。M字に開かれた両脚が激しく痙攣する。

「ああん、もうだめっ、我慢出来ない」

ついに耐えかねたように叫ぶと、紗英は突然起き上がり、草太の腰にしがみついてきた。

「わ、何するんですか」

「加藤君がいじめるから、私、我慢出来なくなっちゃったのよう」

しっかりとしがみついたまま、紗英は草太の肉棒をしゃぶり始めた。

「いいんですか？　おチ×チン舐めてる姿も撮りますよ」

「んんん、んく、いいわ、撮って、私がおチ×チン舐めてるところ撮って」

一心不乱に肉棒をしゃぶり続ける紗英に草太は容赦なくフラッシュを浴びせる。

「ああ、撮って……んん、んふ」

紗英はここでもカメラのレンズを見つめながら、舌でれろれろと裏筋を舐めてくる。

舌使いには情熱的な思いがこもっていて、撮影という意識が働いていなければ、あっという間に射精してしまいそうだった。

「あああ、もう欲しい……」

すがるような目で見つめながら、紗英は懇願してくる。

「いいんですか？　ハメ撮りしますよ」

「ああ、いいわ撮ってつ、紗英がおチ×チンで悶えてるところ、いっぱい撮ってぇ」

ハメ撮りとはＡＶなどで使われる手法で、カメラマンがセックスしながら撮影する方法だ。

実話誌の副編集長である紗英は当然この言葉の意味は知っている。

「じゃあ、横になって」

草太が命令すると、紗英は素直に身体を転がして、脚を開く。

「入れるよ……」

草太は両手でしっかりとカメラを構えたまま、挿入を開始した。

「あ、あああ、入ってくる。あああ」

仰向けに寝ていても充分に量感のある巨乳を揺らしながら、紗英の上体が大きくのけぞった。

「撮ってるよ、オマ×コにチ×ポが入るところ、撮ってるよ」

ぱっくりと開いた秘裂の中に怒張が沈んでいく様子を余すところなく撮影しながら、草太は言葉責めも続ける。

「あああ、撮って、もっと恥ずかしいところ、見てえええっ」

紗英も自分の性癖を受け入れ、情欲のなすがままに肉体を燃やし続けている。

フラッシュに晒されるたび、朱に染まった身体は快感に震え、開かれた内腿が小刻みに痙攣し、何度ものけぞって乳房が暴れ狂う。

「ハメ撮り、気持ちいいですか？　工藤さん」

「あああ、いいわ、加藤君、気持ち良すぎて死んじゃいそうっ、あああん」

ピストン運動を開始すると、紗英のよがり泣きがどんどん激しくなっていく。まだ始めたばかりなのにもう感極まっている感じだ。

「あ、あああ、すごい、ああん」

草太が腰を叩きつけるたびに、開かれた両脚がゆらゆらと宙を泳ぎ、たわわな乳房が大きく揺れる。

「ああ、撮られてる。私、エッチなところを撮られてる。あああ」

波打つ乳房にフラッシュを浴びせられながら紗英はどんどん欲情の炎を燃やし、狂ったように喘ぎ続ける。

(すごい……撮るたびに締めつけてくる)

シャッター音が和室の部屋に響くたびに、秘裂がきつく収縮し肉棒をぐいぐいと締めあげてくるのだ。

「いやらしい顔してますよ……」

草太は快感に腰を震わせながらも、肉棒を突き上げ、シャッターを切り続けた。

「ああん、撮ってもっと、あああんっ、私の恥ずかしい姿を」

紗英はもう身も心も露出的な快感に支配されているようで、虚ろな目を草太に向け、喘ぎ混じりに訴えてくる。

「撮りますよっ。僕と工藤さんが繋《つな》がってるところを……」

カメラを二人の結合部に向け、シャッターを押す。

野太い怒張がピンクの膣肉を引き裂いて出入りを繰り返す様子が、全て写し取られていった。

「じゃあ、次は背中から撮りましょうか？」

草太はある思惑があって、肉棒をいったん引き抜いた。

「四つん這いになってお尻を向けて下さい」

「ああ……うん」

熱っぽい呼吸を繰り返しながら紗英は素直に四つん這いになった。

「工藤さんのオマ×コ、もうドロドロに溶けてますよ」

カメラを手にして、突き上げられたヒップの後ろに回ると、愛液が溢れ出ている肉裂をカメラに収めていく。

ピンク色をした花弁は、さっきまで肉棒が入っていたせいだろうか、ぱっくりと口を開いたままヒクヒクと震えている。

穴の奥に見える媚肉は大量の愛液に濡れ光っていて何とも艶めかしかった。

「あああ、恥ずかしい」

肉体の奥の奥まで晒し、紗英は四つん這いの身体をくねらせ喘ぎ続けている。

「くうう、もうたまらないのっ、ああ早くもう一度、ああん」

紗英はむき卵のようなヒップを自ら揺らしておねだりを繰り返す。その声はもうほとんど泣き声に変わっていた。

「どこに何をして欲しいんですか」

あまりにも素直に性欲を燃やす紗英をいじめてみたくなって、草太は軽くヒップを撫でながら焦《じ》らしてみる。

「ああっ、いじわる、ああん」

むずがるように何度も首を振った紗英だが、ついに耐えかねたように潤んだ瞳を草太に向けてくる。

「さ、紗英のオマ×コに、おチ×チンを入れてええ、あああん」

紗英は部屋の外まで聞こえているのではと思うほどの大きな声で叫んだ。

「はいはい、今入れますよ」

草太は猛り切ったままの怒張を勢いよく突き立てた。

「あ、あああ、すごい……あああん」

一気に肉棒を奥まで突き立てると、四つん這いの身体が大きくのけぞる。

下を向いていることで大きさを増しているように見える乳房が、激しく揺れてぶつかり合っていた。

「撮りますよ、工藤さんのオマ×コとアナルを一緒に撮りますよ」

バックから腰を振り立て、草太は肉棒の入った秘裂と、その上に見えるセピア色のすぼまりを何枚も撮影していく。

「ああ、だめえええ、お尻の穴、はあん、ああああ」

紗英が本気でいやがっていないことは、膣内の動きでわかる。

フラッシュが白い桃尻を照らすたびに、膣壁がこれでもかと肉棒を締めあげてくるのだ。

「あああん、死んじゃう、息が詰まるうう、ああ」

快楽の中に身を溶かしている紗英は、グラマラスな身体を震わせ、ただただ獣のように叫び続けている。

「工藤さん……まだ終わりじゃないですよ」

草太はさらに紗英を追い上げるべく、後ろから片腕を回して身体ごと抱え上げる。

「あ、はあああん、何これ、奥まで」

そのまま草太は畳の上に尻餅をつき、膝の上に紗英を乗せて後ろから貫く形になる。

「くうう、あああん、食い込んでるううう」

結合部に自分の全体重を乗せる形になった紗英は、ムッチリとした両脚をだらしなく開いたまま、淫らに悶え狂った。

「このまま、撮りますよ」

背面座位で腰を動かしながら、草太はカメラを手にする。

レンズを自分たちの方に向け、ファインダーも見ずにシャッターボタンを押す。

スポーツや報道の現場ではカメラマンが殺到するような状況になることも多く、手を伸ばして勘《かん》だけでシャッターを切ることもある。

かなりの荒技だが、これで決定的瞬間の撮影に成功した事が何度もあった。

「いやあああっ、全部撮られてる、ああん」

背面座位では女が前を向く形になっているため、正面からは悶絶する紗英の全てが丸見えになる。

だらしなく快感に悶える顔も、乳頭を固く尖らせ、まるで別の生き物のように暴れ狂う巨乳も、そして大きく開いた両脚の付け根にある淫裂に肉棒が出入りする光景も、全てがカメラに写されていくのだ。

「ああぁっ、すごいい、あはあああんん」

撮られる事に欲情する紗英の性感を追い詰めることが、草太の狙いだった。

「あくうう、もうだめぇっ、あああん、死んじゃううううう!」

狙い通りに紗英は全身を震わせ、自我をなくして悲鳴のような嬌声をあげ続けていく。

「あああ、ああ、もうイキそう、あああ、加藤君、私……もうだめ……あああ」

全身を蛇のようにくねらせながら、紗英はついに限界を口にした。

「いいですよ、イッてください。イくところもちゃんと撮ってあげます」

草太も呼応して、力いっぱい突き上げ、シャッターボタンを押す。

「あああ、すごいっ。イクとこ撮られてる、あああ、撮って私のオマ×コ、はあああ」

紗英は卑猥な言葉も躊躇《ためら》いなく口にしてレンズに目線を送る。

豊かな乳房がこれでもかと激しく揺れ、肉棒が食い込む秘裂から愛液が迸った。

「イクうううううっ！」

シャッター音が高速で響く中、紗英は身体を弓なりにのけ反《ぞ》らせた。

「くうう、あああああん」

肉付きの良い身体がビクビクと痙攣し、紗英は呼吸を止めて絶頂に悶えている。

「俺も、もう……」

草太も限界を迎え、カメラを投げ出し、紗英の身体を畳に倒す。

「うっ……」

慌《あわ》てて肉棒を引き抜き、紗英の染み一つない背中に精液をぶちまけた。

「はあ、はあ……」

粘っこい精液を肌に受けながら、紗英は畳に突っ伏したまま、苦しそうに息を荒くしている。

「お水か何か持ってきましょうか」

背中の精液を拭き取りながら、草太は声をかける。

「はあはあ、大丈夫……。でもすごい気持ちよかったあ、撮られるって興奮するのね」

紗英は草太の方を振り返ると、やけにすっきりとした顔で笑った。

紗英が帰京してから三日後、草太の携帯が鳴った。

『工藤です。あの時はどうも』

「い、いえ、こちらこそどうも」

電話は紗英からで、肉体関係を持ってしまった二人は照れてしまって、妙にぎこちない挨拶を交わす。

『この間の企画の件なんですが、早速、第一回の掲載が決まりまして』

「えっ、もうですか……では撮影はいつですか」

やけに早い決定に草太は驚いた。何しろ資料写真を撮ったのがついこの間だ。

『そ……それが……その……』

紗英は電話の向こうで言いにくそうに言葉を詰まらせている。

（こりゃ、カメラマン交代かな）

この業界、様々な理由からカメラマンが交代するなんて事がよくある。

副編集長とはいえ、紗英もサラリーマンなのだから、上の人間の決定には逆らえないはずだ。

草太は覚悟を決めて、息を呑んだ。

『撮影は次回の分からなんです……』

「えっ、どういうことですか？」

掲載するのに第一回の写真を撮らないとは、どういうことかと草太は訳がわからない。

『あの……その……一回目は……私の写真が使われることになったんです』

紗英は恥ずかしそうに声を震わせて言った。

『上司があの写真を見て乗り気になってしまって……私はいやだって言ったんですよ』

電話の向こうで紗英が顔を真っ赤にしているのが見えるようだ。

『しかも、美人編集者が一肌脱いだなんてタイトルまでつけられてしまって……私、もう死にたいですよう』

それならば納得できる話だ。温泉の湯気と露出の欲情に上気した紗英の姿は素晴らしいと言っていいほど艶めかしかった。

「それで、ヌードの方はどこまでですか。乳首くらいですか、それとも最後まで」

草太はあまりに照れる紗英が可愛くてつい意地悪を言ってしまった。

『と、とんでもない。あの写真は家にしまってます。ヌードはなしですよ』

慌てて紗英は否定する。まあいくら何でもセミヌードくらいが限界のはずだ。

「じゃ、ヌードの写真は僕と工藤さんの秘密ですね」

「え……あ……はい」

草太の言葉に紗英はやっと落ち着いた様子で返事をした。

『あの……では今後ともよろしくお願いします。失礼します』

紗英との電話を切ったあと草太は、なぜだか笑いがこみ上げてきて、一人、笑っていた。

第六章　ファインダーに揺れた美乳

紗英のグラビアはかなり好評だったようで、すぐに連載が決まった。

次回以降もしばらくは楓旅館の大浴場を使用して行われることになったため、番頭はさらに宣伝になるとにんまりしていた。

新境地であるグラビアで連載が決まったのはありがたかったが、草太は新しい悩みも抱えていた。

紗英のグラビアが色々なところで話題になったようで、草太にいくつか仕事が舞い込み始めているのだ。

中には師匠が推《お》してくれた仕事もあり、むげに断るわけにはいかない。

しかし、草太にはやっと覚えてきた旅館の仕事がある。

「あああ、どうすりゃいいんだよ俺……」

昨夜はよく眠れず、もうすぐ朝の出勤時間だというのに、草太は一人、布団の上で悶々としていた。

『草太さんの好きにすればいいわ。あなたの思うとおりにしなさい』

和香に相談するとあっさりと答えが返ってきた。

しかし、お世話になりっぱなしで、はいさようならというのは忍びない。どちらの仕事を取ればいいのか、いくら考えても答えは出なかった。

「草ちゃん、いるの？」

いい加減起床しなければいけない時間になったとき、突然、ドアをノックする音がした。

この少し、鼻にかかったような声は真帆だ。

「真帆ちゃん、どうしたの？」

朝からなにかあったのかと、草太が急いでドアを開けると、学校に行く途中なのだろう、スーツ姿で真帆が立っていた。

「えへへ、草ちゃん、少しだけ時間いい？」

真帆は何か意味ありげな顔で立っている。

「もうすぐ仕事だけど、少しだけなら」

真帆の顔を見る限り、急用ではなさそうだと思い、草太はあくびをしながら、真帆を招き入れた。

「へー和香姉ちゃんに聞いてたけど、ほんとに何もないんだねえ」

布団とテレビくらいしかない殺風景な部屋を見回して真帆は言った。

「うん、まだ東京の部屋を整理してないからね。あ、インスタントだけど」

小さなテーブルに草太はコーヒーを置く。

東京で一人暮らししていた部屋は解約しておらず、家賃も月々払っている。

ここM温泉で暮らすことが楽しいと思いながらも、家はそのままにしている辺り、自分はカメラの仕事に未練がありありだと、草太は苦笑した。

「それで、用事があるんだろ……真帆ちゃんもあんまりゆっくりしていられないんじゃないの？」

スーツを着ているということは、真帆もこれから小学校に出勤のはずだ。ジャケットを着ていても胸のところはぱんぱんで、相変わらず迫力があった。

(ほんとうに真帆ちゃんとしたんだな俺……)

幼なじみの巨乳を揉みしだいた記憶が蘇《よみがえ》ってくると、恥ずかしいような変な気持ちになった。

「草ちゃんが美雫ちゃんを撮《と》った写真、見せてもらったよ」

マグカップの中のコーヒーをかき混ぜながら、真帆が口を開いた。

「あ……うん……そう」

草太はびっくりして生返事しか出来ない。

(余計なこと言ってないだろうな、美雫……)

美雫とは昨日の夜も電話で話したが、変わった様子はなかった。

真帆と美雫は近所に住んで仲も良いのだから会っていても不思議ではない。しかし、真帆の口から美雫の名前が出るだけで、口から心臓が出そうだ。なにせ二人と身体の関係を持ってしまっているのだ。

「すごく良い写真だったね……」

「え……あ……ありがとう」

草太はどきどきしながら真帆を見つめる。次に出てくる言葉がなにか考えただけで胃がきりきり痛む。

「ねえ、なんで私は撮ってくれないの?」

真帆は意を決したように草太を見て声を張った。

「へ……」

まったく予想もしていなかった展開に草太は目を丸くする。

「私の水着の写真も撮ってくれるよね……それとも私じゃ、撮る気にならない?」

「いやいや、とんでもない。こちらから是非にとお願いしたいくらいですよ」

頭が混乱した草太はつい敬語で答えてしまう。

「良かった。へへ、実は新しい水着、もう買ってあるんだ……」

上目遣いに見つめながら、舌をぺろりと出してはにかんだ。

「あ、やばい、もうこんな時間。じゃあ草ちゃん、今日の夜に電話するから、場所とか決めようね。じゃ、遅刻しちゃうからこれで」

コーヒーに手をつけないまま、真帆はばたばたと部屋を出ていった。

「よ、よかったー」

とりあえず、美雫との関係が真帆に知られている訳ではなさそうだと思い、草太は畳の上にへたり込んだ。


休みを合わせてくれた真帆と共に、草太は以前、関係を持った炭焼き小屋の温泉露天風呂に来ていた。

今日は空も晴れ渡り、露天風呂から見える山と川の景色も絶景で、抜群の撮影日和《びより》だ。

「あー、なにやってんだろ俺……」

小屋に着替えにいった真帆を待ちながら、草太は洗い場に三脚を立ててカメラをセッティングしている。

カメラの仕事をどうするか悩みながらも、こうして仕事とは全く関係のない写真を撮っている自分がいる。

ただ撮影しているときは夢中になれるのだから、それも悪くないかと、草太は思っていた。

「お待たせ、草ちゃんっ」

午前の柔らかい日差しに照らされた木々を見ながらため息をついたとき、真帆がやけに声を弾《はず》ませてやって来た。

「ぶっ」

真帆の水着姿を見た瞬間、草太の脳から悩みなど吹き飛んでしまった。

「な、な、なんだよ、その水着は」

満面の笑みで立つ真帆が着ているのは、極端に布の少ないビキニだった。ブラジャーなど、眼帯かと思うほどの小さな青の布が、同じ色の紐で繋がっているだけだ。

これをIカップの真帆が着けると布は乳首の部分を隠しているだけで、下と横から白い柔肉がはみ出し、それに紐が食い込んでいびつに形を変えている。

さらにパンティは、紐のついた小さな三角の布が股間にあたっているだけで、少しでも身体をずらせば陰毛が顔を出しそうだ。

「えー、変かな、似合わない？」

真帆はそう言ってくるりと背中を向ける。

「うわっ」

後ろを向くと、ヒップの部分には青い紐が食い込んでいるだけで、白い尻たぶが全て露出していた。

「ど、どこで買ってきたんだよ。そんな水着」

狼狽えながら草太は叫ぶ。こんな地方の田舎にこんな過激な水着を売っている店があるとは思えない。

「あー、外国の通販よ。おっぱいもお尻も百センチもあると、こんな水着しか売ってないのよねえ」

真帆は紐だけに支えられた巨乳をユサユサと揺らしながら笑っている。

(嘘だ……絶対に嘘だ……)

真帆がどういうつもりで紐のような水着を着ているのかわからなかったが、これならいっそ素っ裸のほうがまだ心を乱されなくてすむと思った。

「どんなポーズから始めるの、草ちゃん？」

真帆は身体を少し屈《かが》めて見つめてくる。下向きになると紐の食い込んだ巨乳が谷間を作った。

「じゃあ、そのまま、もう少しかがんで」

短パン、Tシャツ姿の草太はカメラを手にして露天風呂に入ると、洗い場の方を向いて指示を出す。

「こう？」

鳩尾《みぞおち》のあたりで腕を交差させて、真帆は身体を前に倒していく。

たわわな巨乳が持ち上げられて、柔らかく変形して大きな谷間を作った。

「そう、それ」

餅のように柔らかく密着する二つの乳房を草太はしっかり、写し取っていく。

考えてみればグラビアの仕事をしていくとすれば、こういう撮影は何より練習になる。

さらに真帆は日本人離れしたプロポーションの持ち主だから、ポーズや写り具合を試すのにはぴったりの相手だ。

(本当なら、俺がお願いしなきゃいけないくらいだよな)

いつしか草太は夢中になって真帆の肉体を追い続けていた。

「まわって、背中見せて」

草太が指示すると、髪をひるがえしてくるりと背を向ける。

青い紐が食い込んだ白いヒップがぷるんと揺れて波打った。

「もう少し、お尻突きだしてよ、真帆ちゃん」

「こうかな？」

真帆は前屈みになってヒップを突き出す。細い紐では隠しきれず、セピアのアヌスが覗いている。

「いいよ、それ、そのまま」

完全に撮ることに集中している草太は、惑わされることなくシャッターを切り続けた。


撮影を終えた二人は、並んで露天風呂に浸かっていた。

真帆は先ほどの紐ビキニのまま、草太はTシャツを脱いで短パンだけになっている。

「おかげで良い写真とれたよ、真帆ちゃん」

隣にいる真帆に声をかけて視線を向けると、眼帯のようなブラジャーが張り付いただけの巨乳が目に入る。

撮影に集中しているときは気にならなかったが、改めて見るとすごい迫力だ。

「お礼を言うのはこっちよ。プロに撮影してもらえたんだし……」

白い歯を見せて真帆が微笑む。

妖艶な和香や可愛らしい美雫とはまた違った、包まれるような色香が真帆にはある。

「そんな自慢できるような腕前じゃねえよ」

冗談めかして謙遜《けんそん》したが、良いものが撮れた自信はあった。

紗英のグラビアを見て仕事の依頼をくれた、知り合いの編集者にも言われたが、自分はスポーツの分野よりもこっちの方に才があるのかも知れないと草太は思った。

「ううん、私が嬉しいのは昔から知ってる草ちゃんが、プロカメラマンになって私の写真を撮ってくれたこと」

真帆は草太の腕にしがみついてくる。

柔らかい巨乳が腕に押しつけられてぐにゃりと変形する感触があった。

「でも私がどんなエッチなポーズとっても、ここが無反応だったのは悔しいかな」

草太の短パンに白い手が伸び、股間をまさぐり始めた。

「や、やめろよ」

草太は身体をずらして逃げようとするが、真帆はしがみついて逃がしてくれない。

「あら、元気になっちゃった」

集中する時間を終えてほっとしたところを刺激され、草太の逸物はムクムクと立ち上がっていく。

「遊ぶなよ」

「あら、遊んでないよ。ねえ草ちゃん、そこに座って」

真帆は草太を露天風呂の縁の岩に座らせると、自分は草太の正面に膝をつく。

「草ちゃんのおチ×チン、大きくした責任とんなきゃ」

膝から下を湯に浸けた草太の股間の前で、真帆は腰まで湯に身を沈めて、短パンに手をかけてきた。

「いいよ、そんなこと」

「駄目よ、写真のお礼もしなくちゃいけないんだから」

草太を全裸にすると、真帆は紐ビキニを着けたままの乳房で逸物を挟み込んできた。

「あ、すごいいやらしいよ、ビキニ着けたままなのがエッチだ」

しっかりと肉棒に密着した二つの巨乳がゆっくりと上下し始めると、肉棒が快感に包み込まれていく。

だが、それ以上に乳首が布で隠されている乳房が淫靡さを感じさせ、草太の性感を刺激していた。

「うふふ、見えない方が興奮するってやつね」

ビキニで繋がった乳房を下から持ち上げ、真帆は勢いよく縦に動かす。

亀頭の張り出したエラや裏筋をねっとりとした肌が擦り上げ、たまらなく心地良い。

「うん、エッチだ。それに柔らかくて、チ×ポがたまらないよ」

「うれしいわ……真帆のおっぱいで気持ち良くなって、草ちゃん」

真帆は幸せそうに微笑みながら、上下の動きを速くする。

肉棒の感じるポイントに柔肉が擦れるたびに、強烈な痺れが頭の先まで突き抜ける。

「ああ、真帆ちゃん、このままじゃ、おれ、イッちゃうよ……」

パイズリの気持ちよさに、草太は屈服寸前だった。

「うふふ、お口がいいの？　それともアソコに出す？」

「アソコって……無理でしょ」

中出しなど出来るはずがないと草太は苦笑する。

「大丈夫よ、ちゃんとお薬飲んできたから……」

乳房を持ったまま、上目遣いで見つめてはにかむ。

「薬って、わざわざ？」

今日は写真を撮るだけで終わっていたかもしれないのに、薬まで飲んできたという真帆に草太は目を丸くする。

「だって、草ちゃんの精液が奥に染みこんでくると、とっても幸せを感じるもの……」

恥ずかしげに顔を赤くした真帆は乳房から手を離してうつむいた。

「真帆ちゃん……」

座っていた岩から降りると、草太は真帆を抱き寄せる。真帆の熱い思いに胸が締めつけられたのだ。

「あ、草ちゃん」

驚く真帆に唇を重ね、激しく舌を絡《から》ませていった。

露天風呂から上がった二人は、洗い場の上で横になり、シックスナインの体勢で互いの股間を舐めあっていた。

真帆も水着を脱いで裸になり、コンクリートの上に敷かれた薄い防水マットの上で絡み合った。

マットは、コンクリートの上でポーズをとったときに怪我をしないように草太が用意していた物だ。

「草ちゃん……んく……」

チュパチュパと音をたてながら、真帆は草太に覆い被さる形で肉棒を舐め続けている。

唾液にまみれた舌がねっとりと亀頭の裏側を舐めると、甘い痺れが腰を震わせた。

「真帆ちゃん……」

マットの上に横たわった草太は、頭を起こして真帆の淫裂を舐めていた。

指で花弁を広げると、ピンク色の媚肉の上方にある小さな突起が顔を出す。そこに舌先を伸ばし、転がすように刺激する。

「あああ、草ちゃん、そこ駄目っ。あああん、フェラ出来ないよう」

舌が触れると、真帆は切なく喘いで大きなお尻をくねくねと揺すって悶える。

「そうなの？　じゃあ、ここは？」

クリトリスの次は膣口に舌を押し込んで掻き回す。

「あああん、入口もだめだよう、敏感だもん、あああん」

力が入らなくなったのか、真帆は膝から崩れ落ち、草太の上に全体重を乗せて覆い被さってしまった。

「もう、エッチなんだから……お返しするからね」

亀頭部を唇で包んだまま、柔らかい乳房で竿を挟み込み、二カ所同時に責めてくる。

「んん、んく、む……」

舌はエラや裏筋を這い回り、ふわふわとした乳肉は竿をしごき上げてくる。

「ああ……すごいよ……ううう」

亀頭からも竿からも、電流のような熱い痺れが湧き上がり、草太はうめき声を出して、腰をよじらせた。

そして、自分も負けじと指で真帆の媚肉を責める。

「ひゃう、あああん、草ちゃん、だめだよう、あああん」

指二本を使って膣奥を責めると、真帆は肉棒を離して背中をのけぞらせる。

「ここが気持ちいいの、真帆ちゃん」

草太は指の腹で奥の子宮口をこね回すように指を動かす。

「は、はああ、だめ、なんにも出来なくなるから、ああんん」

真帆は肉付きの良い身体を震わせて、ただ喘ぎ続ける。

大きく張り出した尻肉が、草太の目の前でくねりながら、波を打った。

「もう欲しいんじゃないの、真帆ちゃん？」

指がふやけるほど膣奥から大量の愛液が溢れ出し、中から糸を引いて流れ落ちてきた。

「う、うん、草ちゃんが欲しい、入れて……」

真帆は恍惚とした表情で草太を見る。

乱れた黒髪が汗まみれの頬に張り付いて何とも色っぽかった。

「じゃあ、前から入れよっか」

「うん」

今度は真帆がマットの上に仰向けに横たわる。

百センチはあるという巨乳は、少し横に流れながらも小山のように大きく盛り上がっている。

その頂点にある乳頭部は、やや広めの乳輪がぷっくりと膨らみ、先端が固く立ち上がって天を突いていた。

「エッチなおっぱいだよね」

大きく開かれた白い両脚の間に身体を入れた草太は、両手でほぐすように乳房を弄んだ。

「あああん、草ちゃんの意地悪。焦らさないでよう」

ねっとりと脂肪の乗った腰を切なげに揺すって、真帆は甘えた声をあげる。

自身の欲情を証明するかのように、薄桃色の媚肉からは粘っこい愛液が流れ落ちていた。

「ごめんごめん。じゃあ入れるよ」

草太は開かれた両脚を抱え上げ、正常位で挿入を開始した。

「ああ、あああっ、草ちゃんのが入ってくるうう、あああん、大きいようう」

亀頭が沈んだだけで真帆は鼻にかかった声をあげ、よがり始める。

「くうう、草ちゃん、ああん、いい、ああ」

感極まったように叫びながら、全身を痙攣させている真帆の秘裂が突然、収縮を始めた。

(なんだこれ、すごい)

強烈な媚肉の締めつけに驚きながらも、草太は肉棒を奥へと押し込んでいく。

「あああ、だめ、あああん、あああ」

ぐいぐいと亀頭が狭い膣肉を掻き分けて、最奥に達すると同時に、真帆の身体がマットの上でのけぞった。

「ああん、だめ、イクッ、くうううう！」

真帆は全身をガクガクと震わせ、絶頂に達してしまった。

「ああ……いやあ……やだ……私、入っただけでイッちゃった」

大きく両脚を開いて草太を受け入れたまま、真帆は怯えたような顔を見せる。

「ほんとに？　入れただけでイッちゃったの？　すごいねえ」

草太は素直に感心して、息を荒くしている真帆を見つめた。

「や、やだ、草ちゃんのせいよ、こんなの初めてなんだからあ」

草太の腹を手でばしばしと叩きながら、真帆は顔を真っ赤にしてべそをかいている。

「ははは、俺のせいなの？　ふふ、ごめんよ、真帆ちゃん」

上体を真帆の上に被せて唇を塞ぐ。

「ん、んん……んく」

真帆もキスに応えて二人は目を閉じて舌を吸い合った。

「んん、ねえ真帆ちゃん、動いても大丈夫？」

「うん……いいよ……」

イッたばかりの真帆を気遣って声をかけると、消え入りそうな声の返事が返ってきた。

草太は身体を起こして、濡れそぼる膣内に突き刺さったままになっていた怒張を動かし始める。

「あ、あああ、さっきイッたのに、あああ、また感じてる、私」

腰を使い始めると、真帆は目を妖しく潤ませて感じ始める。

「うん、でもいっぱい感じていいんだよ」

草太は真帆に優しく言いながら、徐々にピッチを上げていく。

「あ、ああん、そんな……私だけ、くううう、気持ちよくなって……ごめんね、あああん」

肉棒の出入りが激しくなって真帆の嬌声もどんどん大きくなっていく。

濡れる秘裂の奥に怒張がぶつかるたびに、上を向いていても充分過ぎるほどに盛り上がった乳房がブルブルと波を打つ。

固く尖った乳首が、波打つ柔肉の上で揺らめく姿が何とも艶めかしい。

「あああ、くうん、草ちゃんは……気持ちいい？」

額を汗まみれにし、切ない息を吐きながらうっとりと見つめてくる。

「うん、最高だよ、真帆ちゃんの中……」

快感に包まれているのは草太も同じだ。

ウネウネとした媚肉が愛液を垂れ流しながら、肉棒全体に絡みついてくる。その締めつけは絶妙で、腰を動かすたびに強烈な痺れが走った。

（もっと色々責めてみよう）

すでに感極まった顔を見せている真帆だが、このまま絶頂に追い上げるだけではつまらない。

草太はムチムチとした右脚だけを抱えると、挿入したまま身体を横向きに回転させた。

「ああんっ、え、なに、それ駄目、あ、食い込んでるう！」

身体が反転した事で、鋼鉄のように硬い逸物がこれでもかと膣肉を抉った。

真帆は強烈な快感に打ちのめされたのか、目と口を大きく開いて絶叫している。

「こうすると、また違うところに当たるでしょ」

身体が横向きになったため、上に向かって反り返っている怒張の先端が、膣奥の横側を擦る形になった。

「はうう、こんなところ突かれたことない、あああ、ああん」

片脚をヨットのマストのように高々と掲げ、真帆はさらに喘ぎだす。

上半身が横向きになっているため、重力のために下に流れているIカップの乳房が突かれるたびに波を打つ。

(すごい……愛液が飛び出してきてる……)

真帆は片脚だけを上にあげる体勢をとっているため、自然と股間は大きく開かれる形になり、生々しく開かれたピンクの肉唇を肉棒が出入りする様子が丸見えなのだ。まさしくピストンのように怒張が動くたびに、結合部からねっとりとした愛液が飛び散り、マットに降り注いでいた。

(すごいな……)

草太は女体の快楽の深さを改めて知る思いだった。

「あああんん、草ちゃん、すごいよう、ああん」

まるで蛇のように身体をくねらせながら、真帆は悲鳴を上げ続けている。まさに淫欲の極致にいるといった感じだ。

「そんなに気持ちいいの、真帆ちゃん」

「う、うん、ああっ、草ちゃんが激しいから、私、もう狂っちゃうようう、あああ」

真帆はマットに頬を擦りつけひたすら喘ぎ続ける。

「じゃあ、こういうのはどう？」

草太は突くのをやめ、腰を回して肉棒で円を描いた。

亀頭部がぐりぐりと濡れた膣奥を掻き回す。

「ひあああ、あああんっ！」

違う動きにも真帆は敏感に反応し、引きつけでも起こしたかと思うほど全身を激しく震わせる。

「ああぁ、それ駄目、おかしくなるぅ、気持ち良すぎる、あああ」

真帆はただひたすらに快感を貪り、全てを捨てたように肉欲に翻弄されている。

「いいよ、もっと気持ち良くなって、真帆ちゃん」

円運動にくわえ、さらに子宮口を突く前後運動まで足して、草太は膣肉を責め続けていく。

「くはあ、いい、いいよう、あああん、はあああんっ」

真帆はもう意識も虚ろな様子で、柔らかい巨乳を揺すって叫んでいた。

「あああ、もうだめ、草ちゃん、私、あああん、イキそう」

快感の果てにある極みに向かって、真帆は声をあげた。

「うん、イッてっ」

草太は円運動をやめ、一気に追い上げるべく肉棒を叩きつける動きに変えた。

「くうう、あああ、草ちゃんも一緒にきて、あああん、はああ」

真帆はトロンとなった目を草太に向けて叫ぶ。

「うん、出すよ、真帆ちゃんの中でイクよ！」

激しい膣肉の絡みつきに、草太の肉棒も屈する寸前だった。

薬を飲んでいるという真帆の膣奥目指して、先ほどからカウパー液が何度も飛び出している。

「あああん、頂戴、草ちゃんの精子、あ、あああっ、あああ」

必死の表情で中出しをねだると、目を閉じて、ただ狂ったように叫び出す。

「あああんん、イクううう！」

そしてついに断末魔の叫びをあげ、マットに横たえた身体を震わせた。

「ああっ、ひあああああ」

エクスタシーと同時に媚肉が引き締まり、奥に吸い込むように草太の逸物を締めあげてきた。

(なんだこれ、すごい……)

精液を搾り取るような膣の動きに草太も限界を迎える。

「だめだ……出るっ……」

腰の震えと共に肉棒が膨張し、精液が噴き出した。

「あああん、草ちゃん、ああ、熱いのっ、ああん」

最奥に粘液が放たれるのと同時に、真帆が叫ぶ。

「あああ、入ってきてる……草ちゃんの精子……私の子宮に入ってきてる」

エクスタシーの波にビクビクと身体を震わせながら、真帆は恍惚とした表情で射精を受け止めている。

もともと垂れ目の瞳がさらに溶けて、何とも色っぽかった。

「ふうう、いっぱい出たよ、真帆ちゃん」

ようやく射精を終えて草太は息を吐いた。

「うん、草ちゃん、精液、いっぱいもらえて、私、幸せ……」

「真帆ちゃん……」

うっとりとした顔を見せる真帆に覆い被さり、草太はそっと唇を重ねた。

ゆっくりと肉棒を引き上げると、ピンク色の秘裂からどろりと精液が溢れ出してきた。

「あ、あん……」

まだエクスタシーの余韻に酔っているのか、真帆はうっとりとした顔を見せていた。

「お湯、汲んでくるね、真帆ちゃん」

汗と淫液にまみれた身体を清めるために、草太は木桶《きおけ》を取りにいこうとする。

「待って、草ちゃん……」

真帆は少し切なそうに言うと、身体を起こして近づいてくる。

「私が綺麗にしてあげる……」

真帆は草太の前で膝を折ると、だらりとなっている肉棒に手を伸ばしてきた。

「いいよ、無理しないで……」

「いいの、私がしたいんだから」

真帆は精液と愛液がまとわりついた肉棒に舌を伸ばし、丁寧に舐めとっていく。

「う……」

熱のこもった舌使いで根元から竿に、そしてエラや裏筋にと、全てが清められていく。

敏感な部分に生暖かい舌が触れると、草太は思わず声を漏らしてしまった。

「あら、もう硬くなってきちゃったわよ」

粘っこい舌使いに煽られ、射精してだれていた肉棒が、もう力を取り戻していく。

敏感な反応に真帆は苦笑しながら、唇を大きく開いて亀頭を包み込んでいった。

「あ、だめだよ……また大きくなるから……」

音をたててフェラチオが始まると、草太は腰を震わせながら言った。

「んんん……んく」

真帆はそんなことお構いなしに、口腔全体を使って肉棒をしごきあげてくる。

口内の柔らかい粘膜が裏筋を擦り、たまらなく気持ち良かった。

「うわ、すごいねえ、もうこんなに大きくなっちゃった」

逸物から口を離すと、真帆は手で竿をゆっくりとしごきあげて笑った。

優しい笑顔の下で、百センチあるという乳房がフルフルと波打っている。

「真帆ちゃんが舐めるの、うますぎるからだよ」

「なにそれ褒めてるの？　それともスケベだってけなしてるの」

真帆は拗ねたように言うと、屹立している怒張の先にある尿道口を舌先でチロチロと刺激してくる。

「褒めてるんだよ……う、それすごい」

むず痒さを伴った快感が、尿道を駆け抜け、草太はたまらず喘いでしまった。

「ねえ、草ちゃん、私の最後のヴァージンをもらってくれない？」

「最後の……？」

いきなりの言葉に草太は目を丸くする。

「そう。お尻の処女を草ちゃんにもらって欲しいの」

真帆は垂れ目の瞳を少し潤ませながら草太を見上げてくる。その表情にはしっかりとした覚悟が宿っているように見えた。

「でも……俺もしたことないよ……」

アナルで女と繋がった経験はなかったが、最初はかなりの苦痛を伴うものだというくらいは知っていた。

真帆にそんな苦痛を与えるのは、はばかられる。

「うん……でもね、どんなに痛くても、草ちゃんに初めてをあげたいのよ」

真帆は甘えたように言って、草太にしがみついてきた。

豊かな乳房が草太の身体の上で変形し、固く尖った乳首が肌に触れる感触があった。

「でも、怖いから、指でたくさんほぐしてね」

「うん……」

草太はマットの上に胡座をかいて座ると、膝の上に横たわらせる。

「こうすると顔が近いね……」

真帆は目を細めて草太を見上げてくる。白い肩に手を回し巨乳が揺れる上体をしっかりと支えた。

「脚、開いて……」

声をかけると、ムッチリとした太腿が開いていき、真帆の全てが晒される。

肉唇はまだエクスタシーの余韻に震えていて、入口には白い精液が付着していた。

「ちょっと流すね」

草太は木桶で露天風呂の湯をすくい上げると、丁寧に洗い清めていく。

そして、人差し指を充分に唾液で湿らせてから、セピア色の肛肉に滑り込ませていった。

爪先が沈み込むと、真帆が小さな声をあげて喘いだ。

「あ……」

「痛い？」

「大丈夫……んふ……」

括約筋は意外なほどに柔軟で、指はゆっくりと沈んでいった。

「あああ、くうん」

真帆は快感とも苦痛ともつかない、こもった嬌声をあげる。悶えるたびにIカップの柔肉が波を打って震える。

「あああ、なんか、変よ、あああ、草ちゃん」

指が根元までアヌスの中に吸い込まれると、真帆の声色《こわいろ》が変わってきた。

「気持ちいいの？」

指をゆっくり前後させると、肛肉が開いたり閉じたりを繰り返す。

「あああ、はあん、くうう」

真帆はしっかりと草太にしがみついたまま、色っぽく腰をくねらせていた。

「だいぶ解《ほぐ》れてきたよ、真帆ちゃん」

「うん、もう大丈夫かな……」

少し不安そうにしながらも、真帆はうっとりとした表情で草太を見つめてきた。

「じゃあ、四つん這いになって」

草太が言うと、真帆はマットの上で四つん這いになって、ムチムチに実った白尻を持ち上げる。

両腕の間では巨大な乳房が互いに揺れながらぶつかり合っていた。

「あああ、草ちゃん、私のアヌスの処女を破ってくれるのね」

垂れ目の瞳を妖しく潤ませ、真帆はヒップを自らくねらせる。

「うん、真帆ちゃんのアナルヴァージンをもらうよ」

再びたくましさを取り戻した肉棒を握ると、先端を少し緩《ゆる》くなったアナルにあてがって、腰を押し出していく。

「くうう、痛っ、くはあああ！」

大きな亀頭が肛肉を引き裂くと、真帆は絶叫して背中をのけぞらせた。

「う、きつい、すごい……」

括約筋の抵抗は凄まじく、肉棒を外へと押し出そうとしてくる。

それでも負けじと押し返すと、大きく口を開いて、亀頭部を飲み込み始める。

「あああ、くうう、痛っ、ひあああ」

真帆は相変わらず苦痛に喘いでいて、怒張が進むたびに四つん這いの身体を激しく痙攣させて悲鳴をあげている。

「ああ、きつい、くううう」

ようやく亀頭部が沈み込み、竿の部分が入り始めても真帆の絶叫は止まらない。

「もう少しだからね……真帆ちゃん」

「ひあああ、草ちゃん、くうう」

じっくりと時間をかけて、ようやく全てが腸内に収まった。

「ううっ、くう、あああ、お尻が草ちゃんのおチ×チンでいっぱい、くう」

全てを飲み込んだ真帆は苦しみに喘ぎ続けている。

染み一つない背中は汗だくになり、マットについた両手がガクガク震えていた。

「大丈夫？　抜こうか？」

あまりに苦しむ真帆に草太は心配になってくる。

「あああ、抜かないで、だいぶ馴れてきた……んん」

真帆は必死に声をあげて草太の方を振り返る。

(それにしてもすごい締めつけだ。俺の方がもたないかも……)

あんなにも小さかったアヌスをこれでもかと広げている分、逸物に対する締めつけも半端なものではない。

肛肉が根元をぐいぐい締めつけて、もう引きちぎられそうだ。

それに腸内もかなり狭く、草太は入れているだけで達してしまいそうだった。

「くうう、草ちゃん、んん、痛くなくなってきたかも」

深々と挿入したままじっとしていると、真帆の様子が少し落ち着いてくる。

「じゃあ、動いてもいい？」

「うん……」

汗まみれの顔が縦に動くのを確認し、草太は腰を使い始める。

「ああ、あうう、あああっ」

引き裂かれた肛肉に太い逸物が出入りを繰り返すと、真帆は苦しそうに悶絶する。

「あああ、変よ、草ちゃん、くうう、あああん」

あれだけ苦しんでいた真帆だが徐々に様子が変わっていく。

「くうう、はああん、ああ、気持ちいいかも、あっ、あっ」

そして自ら快感を口にし、切なく喘ぎ始めた。

背中を流れていた脂汗も引いていき、青白かった肌も今はほんのり赤くなっている。

「真帆ちゃん、ううう、俺も気持ちいいよ」

一方で草太の快感も一気に加速していく。深く入れるたびに根元を強烈に締められ、腰を引けばねっとりとした腸壁が亀頭のエラに絡んでくる。

湯気に煙る中、真帆の尻をしっかりと両手で掴み、草太は快楽に没頭していく。

「あああんん。草ちゃあん、私、あああん、おしりで感じてるよう……」

快感に歪《ゆが》んだ顔で振り返り、真帆は大きな声をあげ続ける。

「くうう、わたし、あああん、もう駄目かもぉ……はあああん！」

駄目という言葉が、耐えられないという意味ではない事はすぐにわかる。

グラマラスな肉体は明らかに快感に震え、下向きに揺れてぶつかり合う巨乳の先端は、固く尖りきっている。

そしてなにより、大きく口を開いたアヌスの下で、なんの刺激も受けていない秘裂から大量の愛液が泉のように溢れているのだ。

「真帆ちゃん、ああ、すごいエッチだよ」

「あああん、草ちゃんのおチ×チンがすごいから、ああん、もうだめっ、私。あああん、お尻でイッちゃいそう」

真帆は押し寄せる快感に耐えかねたように、背中をのけぞらせて喘いだ。

「うん、俺もイキそうだよ」

「あああ、きて、草ちゃああああん、はあああ、イクうううううっ！」

二人は同時に感極まった声をあげ、全身を震わせた。

「ああああ、いい、凄い、あああんん」

直腸の肉をヒクヒク痙攣させながら、真帆は上りつめていく。

「ううう、出るっ」

腸肉に逸物を吸い上げられ、草太は中に熱い精を放った。

「ああん、お尻にも草ちゃんの精液が、あああん、熱いよう」

次々と打ち込まれる熱い粘液に歓喜の声をあげながら、真帆は全身を震わせ続けていた。

その時、炭焼き小屋と露天風呂を仕切る木戸の向こうで女の声がした。

「真帆姉ちゃん、いるんでしょ？」

「え……美雫？」

声は確かに聞き覚えのあるものだ。

「おばちゃんに聞いたら、ここだって言うから」

真帆と幼なじみの美雫がこの場所を知っていても、不思議ではない。

「入るよ、ちょっとお願いしたいことが……」

女同士の気安さからか、美雫は木戸を開けて中に入ってこようとしている。

「ちょっとまって、美雫ちゃん……」

四つん這いのまま、真帆が必死で叫んだが、一瞬遅く、美雫は中に入ってきてしまった。

「え……？　草……ちゃん」

ジーンズ姿の美雫は、木戸の前で立ち尽くしている。

「み……美雫……これは」

一瞬の時間で草太は必死に言い訳を考えるが、何も思い浮かばない。

なにせ、まだ四つん這いの真帆のアヌスに怒張が入ったままなのだ。

「この、浮気男っ」

美雫は足元にあった木桶を握ると、草太に向かって投げつける。

「ぐはっ」

木桶は見事、顔面にヒットし、草太はもんどり打って洗い場に転がった。

「違うんだ、美雫、待て」

激痛に耐えながら草太は必死で呼び止めようとするが、小屋の方で原付きバイクが走り去っていくような音が聞こえた。

「きゃあ、草ちゃん、鼻血っ」

驚く真帆の声に足元を見ると血のしずくがぽたぽたと落ちていた。


あの日以来、美雫とはまったく電話が繋がらなくなった。

自業自得といえばその通りなのだが、草太は後悔に胸をかきむしられていた。

(もう一度美雫に会いたい……)

潔癖な美雫が許してくれるはずがないことがわかっていても、K町の家に行って謝りたいという思いに駆られる。
二、三発殴られても許してさえくれればそれでいいと、草太は悩み続けていた。
「草太さん……廊下の蛍光灯はそれじゃないわよ」

切れてしまった電灯の交換に向かおうした時、和香に呼び止められて草太ははっとなった。

手に持っていた新品は遥かにサイズが小さい物で、誰がどう見ても使えそうにない。

「あ……すいません……」

今の草太は一事が万事この調子で、旅館の仕事をしていても、カメラを構えていても、完全に上の空だった。

(なんて駄目な奴なんだ、俺は……)

嫌われて初めて、自分がどれだけ美雫を愛しているのか、草太は知った。

あの花火の夜、木の上から美雫を見つけたときに、近くにいる大人たちに何も言わず自分一人で美雫を迎えにいったのも、好きな美雫を独り占めしたかったのだと草太は感じていた。

「体調でも悪いの？　熱あるんじゃない……」

あまりにもぼんやりしている草太を心配して、和香が手を額に当ててきた。

「大丈夫です。すいません」

「そう、でも体調が悪かったりしたら、すぐに言ってね」

和香は本当に心配そうに見つめてくる。

「大丈夫です……すいません。あ、蛍光灯を換えないと」

草太は一礼して帳場に戻っていく。

どこまでも優しい和香の気持ちも、今の草太には重たく感じた。


(どうにかして……話だけでも……)

電灯の交換を終えた草太は中庭の石に座って、大浴場の建物にある煙突から、まっすぐに伸びていく湯煙を見つめていた。

寝ても覚めても、考えるのは美雫の事ばかりだ。

『へー草ちゃんと美雫ちゃんて、そんな関係になってたんだあ』

木桶を投げつけてきた美雫と違い、真帆はあっさりしたもので、美雫とも肉体関係があったと知っても、今まで通りに接してくる。

ただ、美雫は真帆の電話にも出なくなったらしい。

『私は別に……でも草ちゃんの一番が私だったら嬉しいかな』

ここまで言ってくれる真帆といっそ付き合ってみるか、という思いもよぎるのだが、どうしても美雫への思いを振り切れなかった。

「はああ」

草太はもう自分の女々《めめ》しさが心底いやになって、頭を抱えてため息を吐《つ》いた。

眠れぬ日々を過ごす草太は、ある日、番頭と和香に呼び出された。

ついにお説教かと、陰鬱《いんうつ》な思いで帳場に向かう。確かにそれも仕方がなくて、ついこのあいだ……

昨日も、ぼんやりして乗っていた仕事用の自転車を電柱にぶつけてパンクさせたばかりなのだ。

「お呼びですか……」

重い足取りで帳場に入ると、和香と番頭が並んで座っていた。

「ごめんね仕事中に。そこに座って」

草太は事務イスに座り、二人と向かい合った。

「来てもらったのは、あなたのこれからの事なんだけど……」

和香はしっかりと草太の目を見て口を開いた。番頭は軽く目を閉じて話を聞いている。

「これから……」

意外な言葉に草太は目を丸くする。

「カメラのお仕事の依頼……たくさん来てるんでしょう」

和香の言葉に草太ははっとなった。一昨日も顔見知りの雑誌編集者から、グラビアの撮影をしてくれないかとメールがきていた。

ただ草太は美雫のことが気になるあまり、返事もせずに放置したままだ。

「加藤君がどう考えているのか確認しておきたくて……」

二人きりの時は草太さんと呼ぶ和香だが、今は番頭がいるので名字で呼んでくる。

「ウチの事は気にするんじゃないぞ。自分の未来なんだ」

番頭が柔和な笑顔を浮かべていった。

楓旅館を繁盛させることばかり考えているようだが、本当は心根の優しい人だ。

そして彼の言葉には、一人になった姪っ子のために長年勤めた銀行をあっさり退職した男ゆえの重みがあった。

「はい……すいません……」

草太はもう涙が溢れそうだった。

和香と番頭の優しさに対してではない、自分が情けなくて涙がこみ上げてきたのだ。

「すいません……」

草太はただそう言うことしか出来なかった。

こんなにも自分のことを心配してくれる人がいるというのに、色恋の事ばかり考えている自分が恥ずかしかった。

「近いうちに必ず結論を出しますから」

ぐっと涙をこらえて返事をした。今の草太にはそれぐらいしか言えることがなかった。

「ごめんなさい、和香姉ちゃん、いる？　草ちゃん呼んで欲しいんだけど」

草太が深々と頭を下げたとき、真帆がすごい勢いで駆け込んできた。

「どうしたの真帆ちゃん、いきなり」

和香も驚いて目を丸くしている。

「あ、草ちゃん、いてくれて良かったあ」

草太を見つけて真帆はほっと息を吐く。

「美雫ちゃん、三時の電車で東京に戻るんだって」

「え、今日っ」

東京で大学に行っている美雫は、休みが終わればならなければいけないが、まだ二週間近くは先のはずだ。

「そ、そうなの……もう戻るんだ……」

早く東京に戻るのは、草太の事でショックを受けたせいかもしれない。

胸の鼓動が信じられないほど早くなっていくのを、草太は感じていた。

「早く追いかけなよ……」

「でも、俺が行っても話をしてくれるかどうか……」

傷つけてしまった美雫に強く拒絶されるのが、草太は怖かった。

「なに言ってんの、好きなんでしょ、だったらしがみついてでも許してもらいなさいよ」

真帆は草太が着ている法被の襟元《えりもと》を摑んで怒鳴り声をあげる。

日頃、のんびりと笑ってばかりいる真帆と同一人物とは思えないような、鬼の形相をしていた。

「美雫ちゃんて、真帆ちゃんと幼なじみの女の子？」

横から声をあげたのは和香だった。

「そうよ、悔しいけど、草ちゃんは美雫ちゃんが大好きなのよ」

もう半分泣き声で、真帆は叫んだ。真帆は本当はそばにいてほしいのに、草太のために無理をしているのだ。

「そうだったの……」

和香は一瞬だけ暗い表情を見せたが、すうっと女将の顔に戻って、背筋を伸ばした。

「加藤君、じゃあ今日でうちを辞めて、東京でカメラの仕事をしなさい。そしてその子と仲直りするの。いいわね」

着物姿の和香は女将らしい凛《りん》とした態度で言った。

「ありがとうございます……お世話になりました」

二人の言葉に草太はやっと腹をくくった。

たとえ美雫に振られても、直接会って自分の気持ちをぶつけようと決意した。

「あ、でも電車の時間……」

突然、真帆が何かに気づいたように声をあげた。

「もう間に合わないかも……」

その言葉に全員が帳場に貼られた時刻表を見る。

ここから東京に行くときには、M温泉からローカル線に乗り、美雫の実家のあるK町を経由して、I市の駅で特急電車に乗り換えるというルートだ。

K町を三時に出る電車に乗るには、M温泉駅に二時四十分に着かなくてはならなかった。

だが時計の針はすでに二時三十五分を差していて、今から旅館を飛び出しても間に合いそうになかった。

「そんな……」

無残な現実に草太は言葉を失った。

「まだ何とかなるぞ。加藤君、今から寮に戻って荷物をまとめてこい」

皆が呆然とする中で、番頭がやけに自信ありげに言った。

「本当ですか？」

草太は救われる思いで顔を上げた。

「心配するな、必ず届けてやるから。早く用意をすませろ」

番頭は草太の肩を叩いて、先に帳場から駆けだしていった。

「加藤君も早く……」

和香に背中を押されて草太も走り出した。


寮の部屋に戻り、草太は大急ぎで服や下着をカバンに詰め込んでいく。

部屋にあるテレビや布団も、和香や番頭が用意してくれた物だし、他にいらない物は置いていって構わないと和香に言われていた。

「これでいいか」

カメラの機材などを詰め終えた草太は、着ていた楓旅館の文字が染め抜かれた法被を脱いだ。

「お世話になりました」

自分の服は乱暴に詰め込んだ草太だったが、法被だけはテーブルの上にきちんと畳んで、部屋を後にした。

寮を出ると前の道路に、和香と真帆、そして番頭もいた。

「どうやって追いつくんですか?」

寸暇も惜しい草太は、いつもと同じように旅館の法被を着てたたずむ番頭に言った。

時計はもう三時をまわっている。

「こいつで行くんだよ」

番頭は草太の前にバイクのヘルメットと地図を差しだした。

「いいか、電車は山を迂回《うかい》してるからな、バイクで山を越えてショートカットすれば、電車よりも先にI市に着けるんだ」

M温泉とI市は山で隔《へだ》てられているが、直線距離にすればけっこう近い。

電車のルートは山を迂回する形で、M温泉からK町、そしてI市という順に進むので、I市での特急電車への乗り換え時間を考えれば、確かに美雫に追いつくかも知れなかった。

「でもどうやって山を越えるんですか、バイクで行くにしても道路がないですよ」

地図には山の等高線が書かれているだけで、道らしきものはなにも記されていなかった。

「それもちゃんと考えてある。ほら来たぞ」

その時、重たいエンジン音をたてて一台のオフロードバイクが草太たちの前に滑り込んできた。ライダーは小柄ながら、オフロード用ヘルメットにライダーブーツとかなり本格的な装備だ。

「お待たせしました」

ライダーは聞き覚えのある声を響かせて、ヘルメットを脱いだ。

「翔子っ」

少し茶色の入ったロングヘアーをなびかせて、翔子の顔が現れた。

「コースは頭に入っているな」

「大丈夫です、たまに練習で使ってますから」

番頭が出した地図を見ようともせずに翔子は頷いた。

「練習？」

会話の内容の訳がわからず草太はぽかんとしてしまう。

「知らなかったのか、山口翔子はＭ温泉レーシングチームのエースライダーだぞ」

番頭は当たり前のように言う。

「ちなみに監督はワシだ」

番頭は親指を立てるとニカッと白い歯を見せて笑った。

番頭から借りたヘルメットをかぶり、荷物を肩に固定すると草太は翔子の後ろに乗った。

「女将さん……番頭さん、お世話になりました」

草太は何度も頭を下げてお礼を言う。

「挨拶なんかいいから、早く行きなさい」

にっこり笑って和香は草太の肩を叩いた。

「草ちゃん……」

「真帆ちゃんも本当にありがとう」

自分の気持ちを押し殺してまで、草太の思いを成就《じょうじゅ》させようとしてくれた真帆にも、いくら感謝してもしきれなかった。

「さあ行くよ、しっかり摑まってな」

以前のように冷たい口調に戻った翔子は、いきなりスロットルを全開にして、急発進した。

「うわっ」

後ろに転がり落ちそうになった草太は必死で翔子の腰にしがみついた。

「行っちゃったね、草ちゃん」

小さくなっていくバイクを見送りながら、真帆がぼそりと言った。

「美雫ちゃんて、もしかして昔、花火大会で迷子になった子？　あの小学生の草太君が探してきた……」

「え、和香ちゃん、草ちゃんがあの時の子だって気づいてたの？」

かなりびっくりした様子で真帆が振り向いた。

「すぐに気づいた訳じゃないけどね……だって、あの子、うふふ、子供の頃と同じ顔してるんだもの」

「あはは、だよね、変わったところと言えば髭が生えるようになったぐらいだよ」

その髭も草太は普段は剃っているので、ほとんど同じ顔だ。

あの花火大会の日、高校生だった和香は頼まれて、引率の大人たちに加わっていた。

それは毎年の事だったが、あの年は美雫が迷子になったので記憶に残っていた。

そして、やけに鮮烈に印象に残っているのは、手をつないで歩く草太と美雫が夜店の灯りに照らされた姿だ。

なぜか近寄りがたく、二人の強い絆《きずな》を感じさせて、大人たちもすぐには声をかけられなかった。

「それで、あんたはどうなのよ。草太君のこと好きだったんじゃないの」

真帆と草太の間に何かあったことを、和香はとっくに気がついていた。

「そりゃ、私だって草ちゃんのこと好きだったけど、見ちゃったのよ、草ちゃんが撮った美雫ちゃんの写真」

真帆は仕方がないといった風に笑う。

「私もその後で撮ってもらったけど、素人目にもわかるくらい、美雫ちゃんの写真の方がいいんだもん。悔しいけど仕方ないわ」

不満げに頬を膨らませて真帆はむくれている。

結局は真帆にも和香にもつけいるチャンスはなかったということだ。

「あなたにもすぐにいい人が見つかるわよ。それだけおっぱい大きいんだし」

「ひどい、それじゃまるで私がおっぱいだけの人みたいじゃない」

さらに大きく頬を膨らませる真帆を見て、和香は声をあげて笑った。


バイクはほとんど人ひとりが通れるだけの山道を、土煙をあげてひた走り、少し広くなった場所でやっと止まった。

広いといっても土が見えているのはわずかで、後は草が無造作に生えている。

上を見れば青空しかなく、どうやらここが頂上のようだった。

「これ、全部噛んどけ」

翔子はポケットからガムを三枚取り出すと、草太の顔の前に差しだした。

「え、ガムなんか食べたくないけど」

ガムを噛みたい気分でもなかったし、ましてや三枚まとめてなんか食べられるはずがない。

「馬鹿野郎、今から下りだよ、道っていってもほとんど登山道なんだ。なにか口に入れとかないと舌かみ切っちまうよ」

翔子に怒鳴られて、草太は慌ててガムを口に放り込んだ。

確かに進行方向に見える下り坂はすぐに先が見えなくなっている。これはかなり坂が急な証拠だ。

「いくぞ、腹に力入れてしがみついとけよ」

翔子の気合いの入った声と共に、バイクは下りの道に猛スピードで突っ込んでいく。

「ひいいいい、うわあああ」

道と言うよりは崖と言ったほうが正しいような山道を、バイクは凄まじい勢いで駆け下りていった。

途中、何度もジャンプや急旋回を繰り返してバイクはI駅のロータリーに到着した。首がもげるかと思うほどの揺れに、胃の中身が喉元まで上がってきたが、なんとか無事にたどり着くことが出来た。

駅前の時計を見るとまだ美雫の乗った電車は着いていない。乗り換えの時間も計算に入れると少しは余裕があった。

「ありがとう翔子」

ヘルメットを脱いで草太はバイクを降りた。

翔子もエンジンを止め、ヘルメットを取る。相変わらず美しい顔立ちだ。

「私を選ばなかったこと、必ず後悔させてやるからな」

バイクに跨がったまま、翔子はいきなりキスしてきた。

草太も特に抵抗せず、二人はじっと唇を重ね合った。

「うん、するよ。いっぱい後悔するよ……」

唇が離れると草太はそっと囁《ささや》いた。

「馬鹿、気休めみたいなこと言うな。もう行けよ」

翔子は無理矢理作ったような笑顔で言うと、優しく草太を突き放した。

大きな瞳には涙がにじんで、今にも溢れ出しそうだ。

「うん……」

草太はくるりと背を向け、駅舎に向かって歩き出す。後ろでエンジンの音が響いて走り去っていった。

(翔子……)

改札の手前で後ろを振り返ったとき、もう翔子のバイクは見えなかった。

第七章　舐めあう二人の淫情

慌てて買った入場券を握りしめてホームに入ると、ちょうどローカル線の列車が入って来たところだった。

プシュッというエアーの音がホームに響いてドアが開くと、大きなカバンを持った美雫が降りてきた。

薄手のセーターに膝丈《ひざたけ》のスカートとやや地味目の出《い》で立ちの美雫は、うつむき加減で暗い顔をしている。

「美雫っ」

その姿が視界に入った瞬間、草太は出る限りの大声で叫んでしまった。

あまりの大きな声に、ホームにいる全ての人間がこちらを振り返っている。

「草ちゃん……」

美雫もまた驚いた表情で立ち尽くしている。

「よかった、美雫！」

全力疾走で駆け寄ると、草太は美雫を力いっぱい抱きしめた。

「草ちゃん……なんで……」

自分が東京に戻ることを知らないはずの草太がI駅にいることを、美雫はまだ現実として受け止められない様子だ。

「美雫、美雫」

草太はそんなことお構いなしに美雫の細い身体を抱き続けている。

周りの人々が不思議そうに二人を見つめていた。

「ちょっと待って……離して……」

美雫は草太の顔を両手で押して突き放そうとする。

「もうお前しか見ないから……」

華奢《きゃしゃ》な肩をしっかり持って、草太はじっと見つめた。

「嘘ばっかり……」

美雫は大きな目を草太からそらして斜め下を見ている。

「何万回でも謝るから……だから……」

「いやっ、信じない」

可愛らしいアヒル口を尖らせて美雫は横を向いてしまう。

「ほんとだよ、俺、気づいたんだ。好きになったのは再会してからじゃない、ずっと昔から好きだったんだ、だからあの花火の時も」

「花火大会の日……がどうしたの……」

あの夜の話になってようやく美雫は振り向いた。

「誰にも言わず一人で探しにいったんだ……他の人が美雫を見つけるのがいやだったんだ、だから……」

草太を見つめる美雫の瞳にたちまち涙がにじんでくる。

「でも……私より真帆姉ちゃんの方がいいに決まってるわ……優しいし……スタイルもいいし……」

濡れた瞳を草太に見せないように、美雫はぷいと横を向いてしまう。

「勝ち負けなんかないよ……俺にとってはお前が一番なんだ……」

それでも草太は一歩も引かない覚悟で美雫を見つめた。

「私なんか素直じゃないし、気も短いし……」

「だからそれも全部好きなんだって」

美雫はなかなか草太を見ようとしない。

「女っぽいところなんか、全然ないんだよ」

「誰がどう思っていても、俺には美雫が可愛い……だからずっと一緒にいてくれ」

草太はもう一度力の限り美雫を抱きしめた。

「浮気なんかしたら……今度は鼻血くらいじゃすまないからね……」

小さな美雫の身体を抱きしめたまま持ち上げると、ようやくこちらに顔を向ける。

ぱっちりとした黒目がちの瞳から、一筋、二筋と涙が落ちていく。

「うん、その時は殺してもいいよ」

草太は美雫を抱き上げたまま、唇を重ねていく。二人はそっと目を閉じて、深くキスを交わした。

一瞬でも離れたくないとばかりに抱き合ったまま唇を吸い合う二人を見て、そばにあるベンチに座っていた老人が持っていた杖を置いて手を叩き始めた。

すると周りにいた他の人々も拍手し始め、その輪が隣のホームまで広がっていく。

草太と美雫は鳴り止まぬ拍手に包まれ、しっかりと抱きしめ合った。

共に東京に戻るつもりだった草太だが、特急には乗らず美雫と共にI駅の改札を出た。

「東京に戻ったらお仕事忙しくなるんだよね」

そう言って上目遣いで見つめてくる美雫の視線に逆らいきれず、I市で一泊することにしたのだった。

二人の思い出の場所である温泉プールのあるホテルに行き、何とか部屋を確保することが出来た。

「良かったの？　こんないい部屋」

この前のダブルの部屋と違い、広い内風呂がついた豪華な和室を見て美雫がすまなそうに言う。

「ああ、それくらいは持ってるよ」

実は翔子のバイクに跨って出発する直前、番頭が「持って行け」と言って自分の財布の中にあった一万円札を全部、草太のポケットに入れてくれたのだ。

金額は結構あり、この部屋を取るくらいは問題なかった。

「美雫……」

部屋に荷物を置くなり、草太は美雫を抱きしめてキスをした。さっき駅で唇を重ねたばかりなのに、いくらしても足りない。

「あん……草ちゃん」

美雫も草太の想いに応えるように、少しかかとを上げて背伸びしながら、舌を絡ませてくる。

「んふ……くふ……」

唾液をかき混ぜるヌチャヌチャという粘着音を響かせながら舌と舌を吸い合う。

柔らかいピンクの舌越しに伝わってくる美雫の体温が、草太の心を満たしていった。

「美雫、我慢出来ないよ、もう」

「きゃっ」

華奢な美雫を抱き上げると、足で襖《ふすま》を開け隣の部屋に入る。

和室は二間《ふたま》続きになっていて、こちらにはすでに布団が用意されていた。

「やっと一緒にいられる」

布団の上に身体を投げだし、草太は何度もキスを繰り返す。

今日は食事は取らないプランを選んでいるので、こちらから連絡しない限りは誰かが二人を邪魔することもない。

「あん、別にどこにも行かないよ……」

少し困ったように、大きな瞳を細めて笑う美雫の首筋に草太は舌を這わせていく。

「ひゃん、だめ、草ちゃん、シャワーも浴びてないのに舐めたら汚いよ」

「いいんだ、美雫の匂いも肌の味も全部知りたいんだから……」

草太はお構いなしにキスを繰り返し、美雫のセーターを捲《まく》り上げて頭から抜き取った。

「やだ……もう、草ちゃんの変態……」

セーターの下から現れたブラジャーだけの上体を朱に染めて美雫は呟いた。

どこまでも透き通るような美しい肌に、レースがあしらわれた純白のブラジャーがよく映《は》え、カップの上からは柔らかそうな乳肉がはみ出していた。

「あんまり見ないでよ……草ちゃん……今日は下着が……」

美雫は恥ずかしげに言うと、両手でブラジャーを覆ってしまう。

「下着？」

「今日はあんまりいいの着けてないから」

値段の安い物を着けている姿を見られたくないのだろう、顔を真っ赤にしたままむずがっている。

「じゃあ、外せばいいじゃん」

「あ、それはもっと恥ずかしいから、だめ」

草太は美雫の背中に手を回してホックを外し、ブラジャーを剝ぎ取ってしまった。

「もう、草ちゃんのスケベ……」

「はいはい、スケベですよ」

華奢な身体の割に大きく膨らんだ乳房を美雫は両手で押さえて、背中を向けてしまう。

真っ白な背中から肩口にかけて余分な脂肪がほとんどなく、肩胛骨《けんこうこつ》の形がくっきりと浮かんでいた。

「美雫の背中、綺麗だね」

草太は滑らかな肌に口づけすると、舌を這わせていった。

「あああ、ひゃう、舐めちゃ駄目、ああ」

予測しない場所を舐められて、美雫は声にならない悲鳴を上げて全身を震わせている。

（相変わらず敏感だな……）

初体験の時から美雫の身体はかなり敏感で、本来、性感帯ではないような場所でも見事に反応する。

「くう、はああん、汚いよ草ちゃん、汗かいてるのに、あ、くうん」

「美雫の身体に汚いところなんかないって言ったろ」

草太はキスを織り交ぜながら、肩からスカートがある腰の辺りまで舐め尽した。

「ひう、もうやだ、ああん」

白い背中が朱に染まると、美雫は耐えかねたかのように、身体を反転させた。

「あ……おっぱい出た」

身体を回した反動で細い腕の間から、張りのあるバストがこぼれ落ちる。

草太はすかさず覆い被さり、先端にあるピンクの乳首にしゃぶりついていった。

「だめ、おっぱいはもっとだめ、あああん」

小粒な先端を舌先で転がすと、たちまち固く勃起していく。

さらに草太は乳房を揉み、両方の乳首を交互に吸い上げていった。

「くうん、だめ、ああ、声が止まらない、ひああん」

美雫はあっという間に性感を燃やし、艶めかしい嬌声《きようせい》を響かせている。

「可愛い声だよ美雫、おっぱい気持ちいいの？」

「やだ、恥ずかしい事聞かないで、草ちゃんの馬鹿っ、あああ」

羞恥に腰をくねらせ、美雫はただ喘ぎ続けている。

「なあ、美雫のおっぱいって何カップ？」

いったん唇を離して、美雫の耳元で囁く。

「やだ、なんでサイズなんか知りたがるの。男の人ってほんと、変なこと気にするのね」

美雫は納得いかない風に草太を見上げてくる。

「Dよ……Dカップ」

それでも、ぼそりと教えてくれた。

元々、背が低く体つきも華奢なためか、本来のサイズよりも二つ、三つ、上に見えた。

「真帆姉ちゃんに比べたらぺったんこでしょ……後悔してるんじゃないの、草ちゃん」

可愛らしいアヒル口を不満げに尖らせると美雫は言う。

拗ねている顔も愛らしくて草太はたまらなくなる。

「何言ってんだよ、美雫のおっぱいが一番綺麗だよ」

草太は優しく言って頰にキスをする。

「嘘ばっかり、大嘘つきだよ草ちゃんは……もう何言われても信じない」

美雫は自分で言って勝手にむくれ、ぷいと横を向いてしまった。

「嘘じゃないよ」

草太は苦笑して言うと、固くなっている先端を甘噛みした。

「ああっ、くう、だめ」

美雫は強烈に反応し、上体を大きくのけぞらせて悲鳴をあげる。

大きな瞳が切なげに潤み、美雫自身もあまりに強い快感に驚いているようだ。

「そろそろ、下も……」

乳房ばかり責めていてはと、草太はスカートのホックを外して下ろしていく。

「あ、だめ、見ちゃだめ」

美雫は慌ててスカートを押さえようとしたが、一瞬早く、草太は足先から抜き取り、ブラジャーと同じ色のパンティに包まれた下半身を露わにした。

「美雫……これ……」

純白のパンティの股間を見た草太は声を失ってしまった。

白い布に驚くほどの大きな染みが広がり、さらにそこから溢れて太腿にまで愛液が滴《したた》っていた。

「いやあ、見ないで、草ちゃん」

美雫は両手で顔を覆い隠し、細い両脚を切なそうによじらせた。

「すごい……」

草太はパンティの股間部分の布をずらし、指を差し入れる。

「ひゃん、だめ、草ちゃん、ああんん」

パンティの中はとんでもない量の愛液が溢れていて、指をわずかに動かしただけでクチュクチュと粘着音がした。

「ああああん、草ちゃんがエッチなことばかりするからあ、私、恥ずかしい女になっちゃったよう、あああん」

美雫は半べそをかいて激しく首を横に振る。

しかし、その間も喘ぎ声は止まらず、まだ入口を少し触っているだけなのに、もう腰がガクガク震えていた。

「いいんだよ、美雫……エッチな姿を見せるのは俺の前だけだろ」

草太はまた美雫の身体に覆い被さり、頬と頬をくっつけて耳元で囁く。

「え……？」

美雫は息を荒くしながら草太を見つめてきた。

「だって、美雫のそんな姿を知ってるのは俺だけなんだから、安心してエッチになっていいんだよ。だって俺は美雫のそんな姿も大好きなんだから」

草太は優しく囁いて頬にキスをした。

「ほんとに？　私、淫らになっていいの？」

「うん、美雫の淫らなところをいっぱい見せてくれよ」

草太は華奢な肩をしっかりと抱きしめ、唇を重ねて舌を絡めていく。

同時に、パンティの中に手を差し入れ、指で秘裂の入口を優しく愛撫する。

「んん、あああ、あああん、声が出ちゃううう、あああん」

美雫はキスを続けることが出来ず、口を離して激しく喘いだ。

「もっと声出していいよ」

草太は身体を起こすと、一気にパンティを引き下ろし、愛液でグシュグシュになっている秘裂に指を押し込んでいく。

まだ固さの残ったピンク色の肉唇から粘っこい音が響いた。

「あああんん、声出してもいいのね、あああん、感じる、草ちゃん、凄く、あああん」

美雫はなにもかも吹っ切ったかのように情欲のなすがままに身をよじらせ、艶めかしく喘ぎ続けていた。

「ああん、草ちゃん……ああ、私、もう草ちゃんが欲しい」

美雫は顔を真っ赤にして言うと、身体を起こして草太にしがみついてきた。

「うん」

草太は一度美雫の上体をしっかりと抱きしめてから、布団の上に立ち上がって服を脱いだ。

「ねえ待って、草ちゃん、私もしてあげる」

全裸で立つ草太の足元に美雫は膝をついて、肉棒を握りしめてきた。

「いいよ、もう充分おおきくなってるから」

美雫から湧き上がる女の香りにあてられたのか、逸物は完全に勃起している。

「いいの、私がしたいんだから……」

細い指で肉棒をしごき、アヒル口を大きく開いて、亀頭部を飲み込んできた。

美雫が動くたびに張りのあるDカップがフルフルと揺れている。

「あ……美雫……」

敏感な亀頭を、温かい口内の粘膜が包み込んでいき、草太は身も心も満たされていく。

「んん……んん……」

美雫は頬をすぼめ亀頭を吸い上げながら、頭を振って肉棒を擦り上げてくる。

唾液に濡れた粘膜が裏筋やエラを擦るたびに、たまらない痺れが草太の腰骨を震わせた。

「美雫、なんでそんなにうまいんだ……」

この前の初体験の時にはたどたどしいフェラチオしか出来なかった美雫が、今日はねっとりとした舌使いまで見せていた。

「え……家でバナナとか使って練習したからかな……」

肉棒を口から出して、美雫は恥ずかしげに下を向いてしまう。

「そんなことまで……」

草太を気持ち良くさせるために、一人で舌使いの練習までしてくれていたと思うと、草太はうれしさと同時に申し訳ない気持ちでいっぱいになる。

そんな想いに全く気づかず、他の女性と寝ていた自分を恥じた。

「ごめんな……美雫……」

草太は美雫のショートカットの髪を撫でて頭を下げた。

「やだ、なんで謝るの？　変な草ちゃん」

美雫は再び口を開くと、肉棒を飲み込んでいく。

「んん、んく」

ピンク色の唇が変形するほど激しく頭を振り、健気《けなげ》に怒張をしゃぶり続ける美雫を見ていると、草太はそれだけで達してしまいそうだ。

「美雫、そろそろいいか？　このままじゃもう出そうだ」

「うん」

さすがに耐えきれなくなって草太が言うと美雫は大きな目で見上げてきた。

草太は美雫の身体を布団の上に倒し、唇を重ねる。舌を押し入れて絡ませると、美雫の身体から力が抜けていった。

「いくよ」

開かれた細く白い両脚の間に身体を入れると、草太はゆっくりと肉棒を押し出していく。

「あああ、あああん、草ちゃん」

柔らかく蕩けている秘裂に亀頭部が沈むと同時に、美雫は草太の名前を叫びながら、必死にしがみついてきた。

「美雫っ」

草太もまた美雫の名を呼びながら、肉棒を押し進めていく。

相変わらず中はかなり狭く、ドロドロに濡れているのに、千切れそうなほど締めあげてくる。

「あああ、草ちゃんのが入ってきてる、ああん」

怒張が膣奥に達すると細く華奢な身体が、布団の上で跳ね上がる。ピンク色の唇は大きく開き、喉の奥から絶え間なく喘ぎ声が湧き上がってくる。大きな二重の眼も妖しく潤んで、草太を見つめる視線も艶めかしさを感じさせた。

「ああぁん、奥に当たってるようう、ああん」

仰向けに横たわった白い身体は朱に染まり、大きく開かれた両脚が空中でゆらゆら揺れている。

「いくよ、美雫」

腰を使い始めると、肉棒と媚肉の結合部から粘っこい音が響き渡る。

「あああ、すごい、ああん、草ちゃんのでいっぱい、はんん」

怒張を突き立てるたびに白い身体が揺れ、ワンテンポ遅れて、張りのある乳房が大きく波を打って揺れる。

頂点にある乳頭はもう尖りきっていて、天を突きながら震えていた。

(すごい、大洪水だ……)

結合部を見ると、愛液が大量にまとわりついた逸物が、ヌラヌラと光り輝きながら出入りを繰り返している。

次々に溢れ出る愛蜜は、肉棒だけでは飽きたらず、下に滴って布団に染みを作っていた。

(それにしてもなんなんだ、この締めつけは……)

美雫の媚肉は愛液のあるなしにかかわらず、強烈な力で怒張を締めあげてくる。少しでも油断すれば草太はあっという間に達してしまいそうだった。

「ああ、草ちゃん、ああん、気持ちいい？」

「うん、気持ちいいよ……美雫は？」

「あああん、私、あああ、駄目になりそうなくらい、気持ちいいようう」

恍惚とした表情で美雫は叫びに近い声をあげる。

「美雫、こっちへ……」

そんな美雫の顔をもっと近くで見たくなって、草太は腰を持って細い身体を抱え上げた。

「あああん、くうう、もっと奥までくる、あああんっ」

美雫を抱えたまま布団にあぐらで座り、対面座位の体位を取る。

「だめ、草ちゃん、もっと深いところに食い込んでくる、くうう」

草太の膝の上で美雫の身体が弓なりにのけぞる。白い歯が見えるほど大きく口を割り、目も虚ろになっていた。

「辛いのか、美雫」

さすがに心配になって草太は動きを止めた。

「あああ、辛くないけど、ああっ、頭がぼうとして、大声が抑えられないの……」

美雫は肩で息をしながら目を潤ませている。

「声なんかいくら出してもいいよ」

苦痛に喘いでいたわけではないことを知り、草太は再び突き上げを開始する。

「ああっ、あんまり大声だと外まで聞こえちゃうっ……、だめ、草ちゃん、あ、ああああん」

肉棒が深々と子宮口に食い込むと、美雫はたまらないといった顔でよがり泣きを始めた。

「あああ、草ちゃん、だめだよう、私、変になっちゃうよう、あああああ」

「いいよ、変になれよ」

草太はお構いなしにガンガン怒張を叩きつける。

美雫の言う、『変』という言葉の意味が女の絶頂であることは草太にも充分過ぎるほどわかっていた。

「あああ、だめ、あああああん」

形の良い巨乳をまりのように弾ませ、切羽詰まった声を美雫はあげ続ける。

秘裂の中の肉は、羞恥に震える本人の意志とは逆に、ぐいぐいと怒張を締めあげて快感を貪ろうとしていた。

「イッていいよ美雫。美雫のイク顔を俺に見せてくれ」

草太はとどめとばかりに全身を使って美雫を突き上げた。

「ああぁ、私、イッちゃうの？　ああぁんっ、恥ずかしい、あぁん、でももう何も考えられないよう、あぁあん」

大きく膨らんだ乳房が千切れるかと思うほど大きく背中をのけぞらせ、美雫は全身を震わせる。

「もうだめ、イクうううっ！」

そして、白い両脚で草太の腰を力いっぱい締めあげ、息を詰まらせた。

「ううう、くううっ、ああぁ、はあああ」

しばらくの間、快感に翻弄された後、美雫はがっくりと草太の肩に崩れ落ちてきた。

「大丈夫か、美雫」

「うん……平気、でも息が止まっちゃったよ……」

美雫は荒い息のまま、真っ赤になった顔を草太の肩にぐりぐりと擦りつけてきた。

「すこし休もうか……」

草太は肉棒を引き抜くと、美雫の身体を布団に横たえようとする。

「あん、だめよ、草ちゃんまだイッてないでしょ」

美雫をイカせることに夢中になるあまり、草太はまだ射精を終えていなかった。

「ねえ草ちゃん、もしよかったらだけど、美雫のお尻を使って。ここなら中で出しても大丈夫だし」

草太にしっかりと抱きついて美雫は恥ずかしそうに言う。

「無理すんなよ。痛いぞ」

アナルセックスに相当の苦痛が伴うことは、真帆との経験でわかっていた。

「いいの、私の全部を草ちゃんにもらって欲しいの」

美雫は子供時代と同じに、強い瞳で草太を見つめてきた。こうなったら誰が何を言っても引かないことはよく知っていた。

「ね、美雫のお尻も女にして……」

甘い声で美雫は言うと、四つん這いになってヒップを持ち上げる。

白い尻たぶが波打ち、愛液に濡れる秘裂と、セピアのアヌスが覗いていた。

「わかったよ。少し指で解すよ」

小さくすぼまる肛肉は秘裂から溢れ出た愛液に濡れている。

草太はそのねっとりとした液を潤滑油代わりにして、アヌスに指を入れていく。

「くう、はあああん」

指先が沈むと同時に四つん這いの白い背中がのけぞる。

「痛いか？」

「ああっ、大丈夫、痛くない。ああ……でも変な感じ……」

痛がるそぶりを見せない美雫の様子を見ながら、草太は指を一本から二本に増やしていった。

「ああん、お尻の穴が広がってる、はああ、あああん」

さらに肛肉を広げても美雫は、痛がるどころか快感の声さえ上げている。

「もう、ああん、くう、声が出ちゃう、はあん」

四つん這いの細い身体を震わせ、美雫は明らかに快感の声を漏らし始める。秘裂からはさらに透明の愛液が溢れ出していた。

（アヌスが敏感なんだ）

美雫の身体がかなり感じやすいことはわかっていたが、初めての愛撫で快感を得られるほどに肛肉が敏感なのは驚きだった。

しかし、その分だけ安心して挿入することが出来そうだ。

「入れるよ、美雫」

草太はもう覚悟を決めて、突き出された形の良いヒップを摑んだ。

「うん、きて、草ちゃん」

美雫が頷くのと同時に、怒張を柔らかくなったアヌスに押し入れていく。

「くうう、あ、あああん、おっきい、くうう」

肛肉は締めつけこそきついものの、押し返すような感じではなく、ぐいぐい肉棒を飲み込んでいた。

「痛いだろ、美雫……」

「くうう、大丈夫、痛くない。あああん、そのかわり」

少し様子がおかしい美雫に草太は戸惑う。

「気持ちいいかも。ああん」

美雫は明らかに快感の声をあげ、下向きになっている美乳を震わせた。

(ほんとかよ……)

初めてのアナルセックスで美雫が感じている事を草太は不思議に思いながらも、ピストン運動を始める。

「あ、あああん、すごい、ああ、お尻が痺れてくる」

強めに股間を叩きつけても美雫は痛がるどころか快楽にのたうっている。

そして、快楽に溺れていることを示すように、直腸の肉がウネウネと波打って怒張に絡みついてくるのだ。

「美雫、いっぱい気持ち良くなっていいぞ」

「はあんん、う、うん、あああん」

草太ももう疑うことをせず、力いっぱい怒張を叩きつける。

「くうう、すごい気持ちいいよう、私ばかり、感じてごめんね、ああん」

「俺も、気持ちいいよ。美雫」

絡みつく腸壁と締めあげる肛肉に、草太も快感に震えていた。

「あああん、嬉しい。草ちゃんが、私の身体で気持ち良くなってくれて、あああん」

美雫は歓喜の表情を見せながら、悲鳴のような嬌声をあげ続ける。

「あああ、草ちゃん、美雫、もう駄目、イッちゃいそう、お尻でイッちゃいそう」

わずかな時間で限界を口にし、美雫は四つん這いの身体をのけぞらせる。

突くたびに反動で激しく弾む乳房の先端は痛々しいほどに勃起し、何もしていない秘裂の合わせ目から愛液が飛び散っていた。

「ああ、俺もイキそうだよ、美雫」

限界を悟り、草太も最後の追い込みにかかる。

「あああ、嬉しい。きてっ、草ちゃん」

「いくぞ、美雫」

草太は全ての力を使って美雫のアヌスを貪った。

「ああ、だめ、イクうううっ！」

美雫はスリムな肉体を激しく痙攣させ、一気にエクスタシーに上りつめていった。

「俺もイク……」

肉棒の根元が震え、一気に精液が駆け上ってくる。

「う、ううう」

先端から粘っこい精液が飛び出し、何度も腸の中に放たれた。

「あああ、すごい、ああん、草ちゃんのが、私の身体に」

初めて受け止める草太の精液に、美雫は歓喜の表情で声を震わせている。

「美雫……」

草太はそんな美雫が愛おしくてたまらなくなって、四つん這いの身体に覆い被さるようにして、唇を求めていく。

「ああ……草ちゃん、好き、ずっと好き……っ」

美雫も応え、二人はしっかりと唇を重ね合った。


夜が明け、草太はホテルの窓を開けて外を見つめた。

「太陽ってこんなに眩《まぶ》しかったっけ……」

差し込む朝日に目を細めながら草太は一人呟いた。

何しろ昨夜はほとんど眠っていない。

美雫と二人、離れていた時間を取り戻すように、夕食もとらず服を着ることもなく、互いを求め続けた。

疲れ切ったのか、乱れた布団上で美雫は、掛け布団にくるまって寝息を立てている。

「ん……草ちゃん……」

じっと見つめていると、美雫が目を開けた。

「どうした……起こしちゃったか？」

枕元に座って髪を撫でると、美雫は裸の身体を起こして草太にすり寄ってくる。

「草ちゃん……東京に戻ったらあんまり会えなくなるんだね」

美雫は草太の脚に顔を擦りつけてじゃれながら、寂しそうに言った。

「うん？　じゃあ、いっそのこと一緒に住むか？」

「え、ほんと、嬉しい」

満面の笑顔を見せて飛び上がり、美雫は抱きついてくる。

「えへへ、ずっと一緒だね、草ちゃん」

子供の頃と同じ笑顔を見せて笑う美雫がたまらなく愛しくなって、草太はしっかりと抱きしめていた。


（了）

※本作品はフィクションです。作品内に登場する
団体、人物、地域等は実在のものとは関係ありません。

※本書は 2014 年 7 月に小社より刊行された『湯けむり慕情』を一部修正した新装版です。

長編官能小説

湯《ゆ》けむり慕情《ぼじょう》〈新装版〉

2023 年 6 月 12 日初版第一刷発行

著者…………………………………………… 美野 晶

デザイン……………………………………小林厚二

発行人………………………………………後藤明信

発行所………………………………株式会社竹書房

〒 102-0075 東京都千代田区三番町 8–1

三番町東急ビル 6F

email：info@takeshobo.co.jp

竹書房ホームページ http://www.takeshobo.co.jp

印刷所……………………………中央精版印刷株式会社